Gunilla Abrahamsson

Lebendig gefangen

Bibliografische Information der Deutschen Nationalbibliothek:
Die Deutsche Nationalbibliothek verzeichnet diese Publika-
tion in der Deutschen Nationalbibliografie; detaillierte bibliografische Daten sind im Internet über http://dnb.dnb.de
abrufbar.

Die Originalausgabe erschien 2020 unter dem Titel *Det här
är också livet* bei Ultima Esperanza Books, Stockholm
Copyright © 2022 Gunilla Abrahamsson

nillabra@scenvind.se

Lektorat und Satz: Kathleen Hilke, Potsdam
Umschlaggestaltung: Maria Palmgren, Stockholm
Herstellung und Verlag: BoD – Books on Demand, Nor-
derstedt

ISBN: 978-3-7557-1001-1

E-Book ISBN: 978-3-7562-5967-0

Gunilla Abrahamsson

Lebendig gefangen

Roman

aus dem Schwedischen von Franziska Kast

Gunilla Abrahamsson wurde 1945 in Norrköping, Schweden, geboren. Nach ihrem Schauspielstudium in Göteborg ging sie direkt ans Wasa Theater in den schwedischsprachigen Teil Finnlands. Seitdem hat sie in unzähligen Fernsehfilmen/-produktionen und Theaterrollen mitgespielt. Sie trat als Stand-up-Comedian auf, produzierte Hörspiele und arbeitete als Regisseurin. Heute lebt und arbeitet sie in Berlin und Stockholm. *Lebendig gefangen* (Originaltitel *Det här är också livet*) ist ihr erster Roman.

Für Birgitta,
mit herzlichem Dank für Sporen und stramme Zügel!

Sein Gesicht war von einem feinen Netz dünner Fältchen überzogen und er roch gut nach frisch gebrühtem Kaffee.

Ich muss hier raus!
Ich schreie die ganze Welt zusammen!
Aber alles, was ich hinter dem silbernen Klebeband hervorzupressen vermag, ist ein erbärmliches Wimmern.
Niemand hört meine Hilferufe.

Die Frau, die aus Deutschland stammte, hatte sich durch die gesamte Entbindung geschrien.

Sie hatte zu Gott gebetet, er möge sie sterben lassen.

Die Hebammen hatten einander abgelöst, die Ärzte waren gekommen und gegangen, und ihre Gesichter waren von Mal zu Mal bekümmerter geworden.

Doch nach mehr als zwei Tagen, die sie Panik, Blut, Schweiß und Tränen bis zur Besinnungslosigkeit gekostet hatte, war der Kampf vorüber, und es wurde vollkommen still im Kreißsaal.

Nicht einmal das Kind schrie.

Wenn es überhaupt ein Kind war.

Es ist ein Mädchen, sagte die Hebamme, wickelte eilig das Neugeborene in ein Handtuch und verließ hastigen Schrittes mit dem Kind im Arm das Zimmer.

Da wusste Hannelore, dass das Kind totgeboren war. Auch gut. Sie hätte ohnehin niemals jemanden lieben können, der ihr bereits solche Schmerzen zugefügt hatte. Also schloss sie ihre Augen und fiel in einen tiefen Schlaf.

Das habe ich schon einmal erlebt,
etwas flimmert vorbei, das sich nicht fangen lässt,
eine Erinnerung, ein Fragment einer Erinnerung,
ein Flügelschlag, ein Schmetterlingsflattern,
ein Windstoß, etwas Weißes,
bin ich dabei zu sterben,
oder bin ich schon tot?
Ich verstehe nichts, weiß nichts,
erinnere mich an nichts,
nur daran, dass alles weiß ist und dass alle Schreie ver-
stummt sind,
gerade noch war es warm und dunkel, jetzt ist es kalt und
hell,
jemand nimmt mich und rennt,
rennen, rannte, gerannt,
und es wird noch kälter,
ich kann mich nicht mehr bewegen,
will nur zurück, zurück, zurück

Hannelore Pihl, geborene Schulze, erwachte zwölf Stunden später, als ihr ein schwerer Klumpen in die Arme gelegt wurde.

Es war das Kind, das sie geboren hatte. Es lebte also.

Die Schwestern wagten jetzt ein vorsichtiges Lächeln, ein freundlicher Arzt kam und erklärte, dass die Kleine mit Füßen zur Welt gekommen war, die um 180 Grad verdreht waren.

Als ob sie kehrtmachen wollte, sagte er mit einem kurzen Lachen.

Ich habe ein entstelltes Kind geboren, dachte Hannelore. Wie kann er lachen, wenn mein Kind entstellt ist?

Und während der Kummer ihr die Kehle zuschnürte, dachte sie an ihr altes Heimatland. Dort hatte man Geschöpfe wie das, das sie soeben zur Welt gebracht hatte, noch bis vor Kurzem umgebracht.

Aber jetzt haben wir sie umgedreht, fuhr der Doktor munter fort. Wir haben ihre kleine Tochter eingegipst. Sie werden eine Weile schwer an ihr zu tragen haben, aber schon sehr bald wird sie herumrennen können wie alle anderen Kinder. Das Mädchen ist völlig normal. Sie haben allen Grund, zuversichtlich in die Zukunft zu schauen. Viel Glück, Frau Pihl!

Und eines Tages wird das Weiße entfernt, das Harte und Schwere, alles wird weich und leicht – ich werde weich und leicht – und ich kann herumrennen wie alle anderen Kinder,

wie alle anderen Kinder, wie alle anderen Kinder.

Schau, Mama, wie schnell ich rennte, sage ich.

Rannte heißt es richtig, sagt Mama.

Rennen, rannte, gerannt.

Hannelore, genannt Lore, schämte sich ihrer verbotenen Gedanken. Deshalb sagte sie zu ihrem Mann, dass sie das Kind Desirée nennen wollte, die Ersehnte. Doch der Ehemann zögerte. Er fand, dass das Mädchen einen schwedischen Namen bekommen sollte. Was gab es denn an Birgitta auszusetzen, so hießen schließlich alle anderen Mädchen? Oder Kristina? Aber da sie so traurig war, ließ er ihr ihren Willen, und zu guter Letzt wurde das Kind auf den Namen Desirée Birgitta Christina getauft.

Genau wie die kleinen Prinzessinnen auf Schloss Haga.

Dort gab es auch eine Margaretha, aber das wäre zu lang und zu viel geworden.

Mäßigkeit ist am besten, sagte Folke.

Das Kind, das sie geboren hatte, war also ein Mädchen, was gut war, weil es bereits einen Jungen in der Familie gab.

Sie waren jetzt eine richtige Familie, auch wenn es mit der Kleinen Höhen und Tiefen gab. Gut, dass das erledigt ist, dachte Hannelore, die keine weiteren Kinder bekommen wollte.

Bis zur Taufe war das meiste ins Lot gekommen.

Lore hatte sich erholt, das Mädchen aß mit gutem Appetit und wuchs entsprechend sämtlicher Wachstumskurven.

Sie lächelte, plapperte und lachte, aber sie schrie auch ungewöhnlich viel. Offensichtlich war sie zornig, um nicht zu sagen fuchsteufelswild über den schweren Klumpen, der ihre
Bewegungsfreiheit einschränkte.

Doch der Gips erzielte die beabsichtigte Wirkung, und
als er einige Wochen später entfernt wurde, zeigten die Füße
des Mädchens nach vorne.

Und das war die Richtung, in die sie sich entschied zu
gehen.

A ber es läuft ja bei Weitem nicht immer so, wie man will. Dieses Mal ist zum Beispiel etwas schiefgegangen, vollkommen verdammt schief, und hier liege ich nun, ein halbes Jahrhundert später, wieder gefesselt und weiß eingeschlagen.

Mit zugeklebtem Mund, eingesperrt und vergessen.

Warum habe ich nicht gleich Nein gesagt?

Wir fliegen dich mit dem ersten Flug am Morgen hoch, hatten sie gesagt, und mit dem letzten wieder nach Hause. Wir filmen deine Szenen alle hintereinander und fangen mit der an, in der du ermordet im Stuhl sitzt, dann hast du die schon mal hinter dir, gut, oder?

Spitze.

Alles hier oben ist weiß, außer der Leichenwagen. Der ist schwarz. Der Sack ist weiß, Luleå ist weiß, ganz Norrland ist weiß, alles ist weiß, weiß, weiß. Immense Schneemassen mitten im März und verflucht kalt. Ich habe nur ein dünnes Nachthemd an und natürlich den Sack, in dem ich liege, und das Laken. Das Laken ist auch weiß.

Das Leichentuch.

Ich bin eine lebende Leiche, die auf den Tod wartet.

Obwohl ich eigentlich auf die Aufnahme warte.

Was treiben die da drin in der wohlig warmen Hütte

eigentlich?

Schwafeln die über Kameraeinstellungen, Beleuchtung, Streichungen im Drehbuch? Es ist ein Scheißdrehbuch, „Kommissar Häger", streicht es am besten ganz! Es gibt zu viele Kommissare, streicht alle Kommissare! Oder sie genehmigen sich eine Kaffeepause. Wenn sie jetzt Kaffee trinken, soll sie der Teufel holen! Was für ein einzigartiger Dokumentarfilm das hier werden könnte. Ein Schauspieler stirbt in Echtzeit, wenn man damit keine Palmen, Bären und Käfer auf Festivals und Galas abräumen würde!

Ich könnte natürlich auch ein Buch schreiben und mich danach in sämtlichen Fernsehsofas und Talkshows fläzen: „Und wie's der Teufel wollte, hat die Filmcrew mich vergessen, sozusagen, und blablabla, da lag ich also", ja, genau, das werde ich verdammt nochmal machen, ich werde ein Buch schreiben, wenn ich hier rauskomme. Falls ich hier rauskomme.

Im einen Moment heißt es „Ruhe, Aufnahme, bitte", und im nächsten liegt man hier.

Ermordet. Wieder einmal. Es gibt niemanden, der sich als Leiche so gut macht wie ich.

Lore, die verbissen den Kinderwagen auf den unebenen Steinplatten vor und zurück schob und hoffte, dass die Kleine einschlafen würde, schleppte Erinnerungen mit sich herum, über die sie mit niemandem sprechen konnte.

In dem neuen Land waren alle munter und froh und sahen mit übertriebener Zuversicht in die Zukunft.

Sie selbst war erst 35 Jahre alt, hatte aber bereits die Auswirkungen zweier Weltkriege am eigenen Leib erfahren. Trotzdem lagen ihr alle ständig damit in den Ohren, wie viel Glück sie gehabt hatte, wie viel Grund sie hatte, dankbar zu sein, und in was für ein vortreffliches Land sie gekommen war. Ich bin dankbar, versicherte sie geduldig, und strengte sich noch etwas mehr an, um zu sein wie alle anderen.

Doch so richtig mochte es ihr nicht gelingen, obwohl sie seit über zwanzig Jahren ihr Bestes gab. Denn es war nicht einfach, munter, froh und freundlich zu sein, wo sie doch so verzweifelt traurig war.

Allzu viel tat allzu weh.

Der Aufbruch aus dem Heimatland schmerzte noch immer wie eine offene Wunde. Die ganze Familie hatte sich aufgemacht zu etwas, das ein besseres Leben werden sollte. Wundersamerweise war auch Vati dabei, obwohl er während des gesamten ersten Krieges in Frankreichs Schützengräben gelegen hatte. Schon als Kleinkind hatte Lore gelernt, dass wer im Graben liegt (oder war es im Grab?), nicht zurückkommt. Und doch kam er wieder, dem Augenschein nach sogar unversehrt, wie immer das auch möglich war.

Doch dieses Mal – einen Krieg später – in dem friedliebenden neuen Land, ging es nicht so gut aus. Denn wer mit Taschen voller Steinen im Fluss gefunden wird, kann nicht nur nicht mehr wiederkommen, er will es auch nicht.

Während man draußen in der großen Welt den neuen Frieden bejubelte, kannte die Trauer in der kleinen keine Grenzen. Vati war tot, und Paul, ihr geliebter großer Bruder, würde auch nie mehr zurückkommen. „Ich muss nach Hause, Hitler helfen", hatte er gesagt, als das Kriegsglück seinen Führer verließ. Seitdem war er spurlos verschwunden.

Und drinnen im Haus irrte Mutti umher, mit jedem Tag wahnsinniger und erfindungsreicher in ihren Selbstmordversuchen.

Und zu alledem hatte sie nun auch noch ein entstelltes Kind geboren. Auch wenn es hieß, zumindest, wenn man dem aufdringlichen Optimismus, der sie umgab, Glauben schenken durfte, dass die Kleine bald ganz wiederhergestellt sein würde.

Wiederhergestellt zu was?

Sie hatte allen Grund, zuversichtlich in die Zukunft zu sehen. Das hatte er gesagt, dieser Doktor im Krankenhaus. Sicher, in der Welt herrschte wieder Frieden und sie war, wie es sich gehörte, mit einem lieben und reizenden schwedischen Mann verheiratet. Witzig war er auch, ihr Folke, beliebt bei allen, nicht zuletzt bei den Frauen, sie hatte also einen richtigen Fang gemacht. Und sie hatte zwei gesunde Kinder zur Welt gebracht, auch wenn sich erst noch zeigen musste, wie sich das Mädchen entwickeln würde. Obwohl Doktor Stern, zu dem sie jetzt trotz Muttis hartnäckiger Proteste ging – „wieso gehst du zu einem Juden, geh zu einem Schweden, wir leben jetzt in Schweden!" – in seiner Eigenschaft als der anerkannte Orthopäde, der er nun einmal war, ein ums andere Mal versicherte, dass es nicht mehr lange dauern würde, bevor das kleine Mädchen herumrennen würde wie alle anderen Kinder. Was für ein Geschwätz.

Das wollte sie erstmal sehen. Es gab einen passenden schwedischen Ausdruck, den sie sich zu eigen machte:

Man soll nicht Hurra schreien, bevor man über den Bach ist.

Das wäre ihr nie in den Sinn gekommen.

Davon abgesehen, würde das Mädchen je über einen Bach springen können?

Aber natürlich war sie dankbar. Der Krieg war für dieses Mal vorbei.

Aber über meine Kriege wisst ihr nichts, dachte sie, während das Mädchen weiterschrie.

Die Komparsen, ein echter Polizist und ein Mann in Schwarz von einem Bestattungsunternehmen wirken nervös.

Sie wurden zum Tatort bestellt, um sich nach dem Mord um die Leiche zu kümmern. Also um mich.

Der Mann in Schwarz schien sehr nett, er schüttelte mir die Hand und stellte sich vor. Anders, sagte er. Er hatte ein warmes Lächeln und liebe Augen. Aber als ich die Kälte und Feuchtigkeit seiner Hände spürte, war mir klar, wie nervös er war, obwohl er so ruhig und sicher aussah. Ich hielt diese Hand für eine Weile in meiner, weil ich etwas zum Festhalten brauchte, als mir aufging, dass ich in diesen Plastiksack gesteckt werden sollte. Das hatte niemand auch nur mit einem Wort erwähnt. Protestieren konnte ich nicht, weil mein Mund zugeklebt war. Außerdem werde ich für das hier bezahlt. „Ruhe, Probe, bitte!", ab in den Sack mit der Leiche und zu mit dem Reißverschluss; schnell, effektiv, mit geübten Handgriffen, sie hatten das tausende Male gemacht, das spürte ich, und dann raus zum Leichenwagen, eine Bahre auf Rädern und schwupps, ab in den Ofen und Türen zu.

Aber … Moment mal … stand da nicht „innen" im Drehbuch, sollte sich nicht die gesamte Szene drinnen in der Küche abspielen? Doch, genau so war es, das kann ich beschwören. Da stand „innen"!

Und trotzdem liege ich jetzt hier in einem zerschlissenen Nachthemd in diesem verdammten Sack in einem eiskalten Leichenwagen und erfriere. Das heißt, falls ich nicht vorher ersticke. Wie lange kann man in einem Plastiksack überleben?

Es sind 28 Grad minus, das habe ich in den Morgennachrichten gehört. Aber bald wird es vermutlich wärmer als mir lieb ist, nächste Station Krematorium, hahaha, witzig, warum muss ich immer so verdammt witzig sein? Ist das vielleicht Galgenhumor? Nun hör schon auf, versuch, rational zu denken! Okay, was soll ich also machen? Ich werde mich zusammenreißen. Mir eine Strategie einfallen lassen. Methodisch die Lage analysieren, Anlauf nehmen und erneut rufen. So laut ich kann. Es eilt, mir kann jeden Moment die Luft ausgehen.

Okay, ich probiere es:

Ich befinde mich mitten in einem Fernsehdreh von „Kommissar Häger", Folge 1, Szene 4. „Küche, innen". Aber das hier ist nicht die Küche. Es ist das Innere eines Leichenwagens, und falls das als „innen" zählt, dann ist es das falsche „Innen". Kein Schwein hat etwas von einer Änderung im Drehbuch erwähnt. Sicher, ich habe das Auto vor dem Fenster gesehen, als ich in der Küche saß, gerade frisch ermordet und am Stuhl festgezurrt, aber da kam mir zu keinem Zeitpunkt der Gedanke, dass ich da hineingesperrt werden sollte. Ich dachte nur, das sei wohl sein Dienstwagen, mit dem er immer zur Arbeit fährt, der Mann in Schwarz. Der sich genau dann zu mir hinunterbeugte, als ich da saß, vollgekotzt, grün und blau geprügelt und blutüberströmt. Er roch so gut nach Kaffee und flüsterte: „Ich hoffe, du wirst gut dafür bezahlt!"

Jetzt höre ich meinen Herzschlag. Also lebe ich noch. Aber das beruhigt mich kein bisschen, im Gegenteil, ich hatte schon immer panische Angst davor, mein Herz schlagen zu hören. Und jetzt rast es. Ich muss hier raus, raus, raus, also versuche ich es erneut:

...ilf, ilf, ilf...

So hört es sich an.

Es ist pathetisch.

Und auch dieses Mal hört mich keiner.

Auf jeden Fall kommt niemand und lässt mich raus.

Haben die mich wirklich vergessen?

Als Lore gerade ihre Mutter verloren hatte – nicht durch Selbstmord, nein, am Ende war es der ganz gewöhnliche Krebs, der sie holte – schienen alle so seltsam erleichtert. Die Stimmung zu Hause war beinahe euphorisch. Und es stimmte ja auch, die letzte Zeit hatte Mutti ein Schreckensregiment geführt, alle hatten Angst vor ihr gehabt – die Nachbarn, Folke, die Kinder, ja, es war sogar vorgekommen, dass das Mädchen Panik bekam und sich mitten in die Küche stellte, die Augen zusammenkniff, sich die Ohren zuhielt und brüllte wie am Spieß: „Ich will, dass Großmutter stirbt!"

In solchen Momenten bekam auch Lore Angst, nicht nur vor ihrer Mutter, sondern auch vor ihrem eigenen Kind.

Irgendwann einmal hatte sie ihre Mutter wohl geliebt. Doch mit der Liebe war es nun vorbei. Mitleid konnte sie mitunter empfinden – mit der armen Mutti, die den Ehemann im Motala Ström, den Sohn in Stalingrad und den Verstand im alten Land verloren hatte – aber Liebe, nein, die war nicht mehr möglich. Möglich war dafür Trauer. Über all die Worte, die unausgesprochen blieben, die Fragen, die sie nie zu stellen gewagt hatte, und die Versöhnung, zu der es nie gekommen ist.

Lieber Gott, bitte erspar es mir, unversöhnt zu sterben, dachte sie, während sie den Todeskampf der Mutter wieder und wieder vor sich sah – die Angst, die Schreie, Mutti, die wild um sich spuckte und sich die Haare ausriss, bis fast keine mehr übrig waren. Es war entsetzlich, dass auch die Kinder all das mitansehen mussten, aber dennoch brachte das ewige Geplapper des Mädchens sie zur Weißglut:

Ist es wirklich wahr, dass Großmutter tot ist, versprich mir, dass sie richtig tot ist, Mama!

Ja, zum hundertsten Mal, sie ist richtig tot!

Kommt sie in den Himmel? Sie kommt doch wohl nicht in den Himmel. Sag, dass sie da nicht hinkommt!

Natürlich kommt sie in den Himmel, weshalb sollte sie das denn nicht?

Weil sie dumm und böse war.

Sei so gut und halt jetzt einfach den Mund!

Sie musste alle Kräfte aufbieten, um das Mädchen nicht zu schlagen. Und nun wollte sie auch noch mit zum Begräbnis kommen, und wenn sie sich einmal etwas in den Kopf gesetzt hatte, war sie nicht zu bremsen. Als die Klänge der Orgel durch die Kapelle donnerten, dass man es bis in die Rippen spüren konnte, und der Sarg langsam versenkt wurde, wurde sie so eifrig und aufgeregt, dass sie auf die Bank kletterte und triumphierend ausrief, dass es in der ganzen Kapelle widerhallte:

Meine Großmutter wird verbrennen! Das stimmt doch, Mama?

Setz dich hin und sei still! Ich sag's dir nachher.

Und so kam es, dass das Mädchen schon auf dem Heimweg vom Begräbnis lustvoll an den Worten nippte, die sie gerade gelernt hatte und die keine Fünfjährige kennen sollte:

Krema-torum, Be-erdung, sterbliche Über…

Mitten im Wort unterbrach sie sich.

Mama! Warum heißt es Überreste? Heißt das, dass doch ein Rest von ihr weiterlebt?

Nein! Du hast doch selbst gesehen, wie der Sarg verschwunden ist. Oma kann nicht zurückkommen!

Doch das Mädchen gab sich nicht zufrieden.

Wie kannst du denn wissen, dass sie wirklich im Sarg lag? Sie kann ja abgehauen sein, und dann kommt sie doch zurück und schreit und schmeißt Sachen, so wie immer.

Da gab Lore auf und zeigte auf eine Eisbude, die ein Stück entfernt lag.

Komm, wir gehen zu dem Kiosk da drüben. Du kriegst ein Eis, wenn du endlich still bist.

Ich werde die Bande verdammt noch mal verklagen! Und ich werde Recht bekommen, die Boulevardpresse wird fette Schlagzeilen bringen, und ich werde endlich das ganz große Geld verdienen.

Wobei – verklagen ist doch keine gute Idee, da gerate ich in den Ruf, schwierig zu sein. Besser, ich schreibe das Buch. Aber reich werden mit einem Buch? Da muss es schon ein Bestseller werden, etwas, das einschlägt wie eine Bombe, ein Verkaufsschlager, ein Thriller, der in 17 Sprachen übersetzt wird. Oder wenigstens in Deutschland groß rauskommt. Da sind sie verrückt nach Schwedenkrimis. Hallo Deutschland, hier kommt ein echter Renner!

Schauspielerin tot in Leichenwagen gefunden.

Das müsste einschlagen, obwohl ich kein Promi bin.

Ich werde einfach die exotische Schiene fahren, das lieben die Deutschen – der Schnee liegt weiß und meterhoch, auf der unendlich weiten Landschaft ruhen Stille und Dunkelheit, und wenn ich noch ein Nordlicht und ein paar Elche einbaue, bin ich eine gemachte Frau und kann mich auf jedem Fernsehsofa breitmachen, durch die Lande tingeln und auf allen Sendern von meinem dramatischen Leben berichten. Sie haben ja gerade ein unerhört ergreifendes Buch herausgebracht, sagen die Moderatoren von Guten Morgen, Guten Mittag und Guten Abend, erzählen Sie uns, wovon es handelt?

Es handelt von einer, die gelacht und geweint, geliebt und gelitten hat und einmal fast aus Versehen eingeäschert worden wäre, werde ich antworten.

Das heißt, falls ich hier jemals rauskomme.

Und wenn nicht?

Tja, dann war's das wohl.

Genau das waren Papas Worte auf dem Sterbebett.

Bevor er sagte, dass er gern eine Coca-Cola wollte, weil er noch nie eine getrunken hatte,

ich rannte runter zum Kiosk am Eingang, eine Coca-Cola, sagte ich, schnell,

nein, eine Cola Light, er hat Diabetes,

aber als ich wieder hoch kam, war er tot.

Is that all there is?

Peggy Lee. Mein Lieblingslied.

Is that all there is to a circus?

Es scheint so.

Verdammte Scheiße!

Ich werde hier rauskommen, und zwar sofort!

Was war es noch, was ich auf der Schauspielschule gelernt habe, irgendwann vor Urzeiten ...?

Alles steht und fällt mit dem Beckenboden!

Man muss bloß so fest man kann die Arschbacken zusammenkneifen, und dann nimmt man Anlauf und schreit sich die Seele aus dem Leib.

Das tue ich jetzt.

Aber kein Laut kommt aus meiner Kehle.

Wie lange kann man bei minus 28 Grad überleben?

Wie lange reicht die Luft in einem Plastiksack?

Wie viele Atemzüge dauert der Rest meines Lebens, wie viele bleiben mir, bis auch ich ein sterblicher Über-re –,

Moment mal, stopp!

Da war etwas, was ich wollte, was ich sollte, was ich musste.

Etwas Wichtiges, das ich übermitteln muss?

Nein, erklären? Verkünden?

Ja, verkünden, das war's!

Aber was war es, was ich verkünden sollte?

Verkündet der Jahrhunderte Schmerz,
Verkündet der Jahrhunderte Freude

Ich kann nicht zählen, wie oft ich diese poetische Aufforderung gelesen habe, die in zierlichen, goldenen Buchstaben auf löwengelbem Hintergrund über dem Theatereingang prangt.

Sie sind zum Weinen schön. Manchmal tue ich das auch.

Längst bin ich den Gips los. Ich weiß, dass mich sowohl meine Beine als auch meine Füße tragen, und mit diesen Beinen und Füßen möchte ich zum Theater gehen. Denn so sagt man. „Ich gehe zum Theater." Es würde mir allerdings nicht im Traum einfallen, es laut auszusprechen. Ich habe nicht vor, gehänselt, verspottet und lächerlich gemacht zu werden.

Ich muss es auch nicht laut sagen. Es ist herrlich, ein großes Geheimnis zu besitzen.

Ich weiß genau, wann mein Entschluss fiel.

Ich war 13 Jahre alt, wir wohnten inzwischen in der Stadt, und ich war zum ersten Mal im Theater.

Schon bevor die Vorstellung anfängt, weiß ich, dass dieser Abend mein Leben verändern wird. Mama und ich gehen gemeinsam aus, auch das ist das erste Mal, jedenfalls auf diese Weise und am Abend. So schön habe ich sie noch nie zuvor gesehen. Sie hat sich das Haar legen lassen und wir tragen beide neue Kleider, die sie genäht hat. Auf ihrem sind Blumen und meines ist lindgrün, meine Lieblingsfarbe. Wir sitzen in den roten Samtsesseln, und über unseren Köpfen hängt ein riesiger Kronleuchter. Wenn uns der auf den Kopf fällt, sind wir auf der Stelle tot, denke ich, aber wenn ich jetzt sterben muss, möchte ich hier im Theater sterben. Ich schließe die Augen, höre dem Gemurmel und dem gedämpften Lachen in den Sitzreihen zu; mir wird schwindlig von all den Parfümdüften, die die fein gekleideten Damen verströmen und noch niemals zuvor hat ein Schokoriegel so gut geschmeckt. Über dem Vorhang stehen ein paar seltsame Wörter, die ich nicht verstehe: RIDENDO DICERE VERUM. Ich frage Mama, aber sie weiß auch nicht, was sie bedeuten. Das ist Latein, sagt sie, wir müssen Gunnar fragen, wenn wir nach Hause kommen.

Dann klingelt es – wie in der Schule, obwohl das hier nicht das Geringste mit Schule zu tun hat – es klingelt zum ersten, zum zweiten und zum dritten Mal, langsam verlöscht das Licht in dem kristallenen Kronleuchter, das Orchester beginnt, einen wehmütig-schmachtenden Walzer zu spielen, der Vorhang geht auf, und ich bin an eine andere Welt verloren. Das Stück heißt *Jung und unerfahren* und nennt sich Musical, die Handlung verfolge ich nicht so richtig, aber das macht nichts. Die Schauspieler da oben auf der Bühne sind wunderschön, und es scheint nichts zu geben, was sie nicht können. Sie singen und tanzen, alles wirkt so spielerisch leicht, sie lachen und weinen, streiten und treiben auch sonst allerhand, und am Ende bekommen Sie und Er einander und sind in einem langen Kuss vereint. Dass sie sich das trauen, sich so zu küssen, als wäre es die natürlichste Sache der Welt, vor dem gesamten Publikum!

Als wir nach Hause kommen, frage ich Gunnar, der im letzten Schuljahr Latein lernt, was RIDENDO DICERE VERUM bedeutet. *Lächelnd die Wahrheit sagen*, antwortet er. Ich erschauere vor Wollust und beschließe, am Gymnasium ebenfalls Latein zu belegen.

Bis zu diesem Abend hatte ich vorgehabt, Lehrerin zu werden, wenn ich groß bin. Aber jetzt habe ich meine Meinung geändert. Ich gehe zum Theater. Dabei habe ich natürlich keine Ahnung, wie das vor sich gehen soll, und was die Schauspieler auf der Bühne gemacht haben, kann nicht einfach sein, obwohl es so einfach aussah.

Ich kann weder tanzen noch singen.

Aber meine Füße zeigen immerhin in die richtige Richtung.

Zuerst lerne ich Latein und dann gehe ich zum Theater.

Ab jetzt bekomme ich beim bloßen Anblick des Wortes „Theater" Herzklopfen – in der Zeitung, in einer Anzeige, auf einer Litfaßsäule in der Stadt, einfach überall. Aber niemand, wirklich niemand soll mir nachsagen können, dass ich „Flausen im Kopf" habe, wie es heißt, wenn man träumt, und deshalb behalte ich das ganz und gar für mich. Wenn jemand fragt, was ich werden will, wenn ich groß bin, antworte ich immer noch Lehrerin.

Eine gute Wahl, stimmt man mir zu und nickt beifällig.

Ein schöner und wichtiger Beruf.

Mag sein.

Aber ich habe andere Pläne,
nämlich zu

Verkünden der Jahrhunderte Schmerz, Verkünden der Jahrhunderte Freude

Es ist ein windiger Montag im Oktober als mir aufgeht, dass sich diese Worte an mich persönlich richten. Ich fühle, wie sie gleichsam tief und schwer in mich hineinsinken und sich dort verfestigen.

Dass ich bis jetzt nicht begriffen habe, dass mir eine *Mission* anvertraut wurde!

Ich bin *auserwählt.*

Mir ist es auferlegt zu verkünden den Schmerz und die Freude, die das Menschsein mit sich bringt.

Hallo, Menschen der Welt, hört ihr mich!

Weint, lacht, das Leben ist groß, versteht ihr das nicht?

Ich habe verstanden.

Und für mich ist die Botschaft so groß und so mächtig, dass mir Tränen über die heißen Wangen strömen, mal heiß, mal kalt läuft es mir über den unförmigen Teenager-Körper, der vor Erregung zu zittern beginnt, und das mit solcher Macht, dass ich mich auf die nächste Bank im Theaterpark werfen, mich nach vorne beugen und den Kopf zwischen meinen Knien vergraben muss, um nicht ohnmächtig zu werden. So wie ich es beim Zahnarzt gelernt habe, wenn er mit der Betäubungsspritze kommt.

Die Methode funktioniert auch hier, und bald kann ich mich wieder aufrichten. Ich tue das so langsam wie beim Zahnarzt, aber mit sehr viel mehr Würde. Es ist, als hätte ich eine religiöse Offenbarung, eine Erleuchtung erlebt. Denn im Angesicht Gottes geraten wohl die meisten Menschen aus der Fassung?

Falls das stimmt, bin ich meinem Gott nun begegnet.

Mein Gott ist allerdings eine Göttin.

Und Thalia ist ihr Name.

Wie weggeblasen sind banale Akneprobleme, schweißnasse Hände und rote Pusteln auf den Oberarmen.

Ich habe meine Berufung gefunden, und mein Leben hat einen Sinn bekommen.

Der ganzen Welt, oder jedenfalls ganz Norrköping mit Umgebung, werde ich vom Leiden der Menschheit erzählen – nein, verkünden – werde ich es! Und natürlich auch vom Glück, wenn es solche Stücke überhaupt gibt. Wenn nicht, muss ich sie selber schreiben.

Komödie, Tragödie, Farce oder Musical – verkünden werde ich, was das Zeug hält!

Der Jahrhunderte Schmerz, der Jahrhunderte Freude!

Dann merke ich, dass ich nicht mehr allein bin.

Zwei alte Tanten stehen mit ihren Fahrrädern vor der Bank und starren mich an. Die eine hat Beine wie Baumstämme, die andere ist schrumpelig und dünn und sieht aus, als könne der nächste Windstoß sie wegwehen.

„Watt isn mit dir los, du Kleene?", sagt die Pummelige im breitesten Dialekt.

Was für eine grauenhafte Sprache! Ich bin verwirrt, verlegen und weiß nicht, was ich antworten soll.

„Äh, nichts ... es ist nur ... ich gehe zum Theater!",

stammele ich schließlich.

Die zwei Schabracken lachen, laut und durchdringend.

„Na da hastet ja nich weit! Da vorne isset doch!"

Ja, ich verstehe. Aber sie verstehen nicht. Und das werden sie auch nie.

Niemand wird verstehen.

Nachdem ich versichert habe, dass es mir gut geht, bin ich die zwei alten Schachteln endlich los und sehe ihnen nach, wie sie auf ihren Fahrrädern davonstrampeln. Sie lachen immer noch über mich, lacht nur, ihr! Ich gehe und stelle mich an die Straßenecke, um den Bühneneingang des Theaters zu beobachten. Wenn ich Glück habe, bekomme ich vielleicht einen anderen von Thalias Verkündern zu Gesicht, denn dass ich nicht die Einzige sein kann, die ihre Botschaft verkündet, ist mir klar. Ich möchte sehen und erleben, wie sich solche Menschen bewegen, denn Menschen sind sie wohl trotz allem, wie sie sich kleiden, wie sie sich verhalten, wie sie sprechen ... nein, wie sie sich *artikulieren*.

Ich stehe dort bestimmt eine halbe Stunde, aber keiner *der Auserwählten* lässt sich blicken, denn es ist ein Montag und da haben Schauspieler frei, aber das weiß ich noch nicht. So versinke ich in Träumen und Fantasien über den Tag, an dem auch ich durch diese kleine, unansehnliche Tür gehen darf, die für mich das Tor zum Paradies ist und über der BÜHNENEINGANG steht. Wenn dieser Tag kommt, werde ich glücklich angelaufen kommen, mit wippendem Pferdeschwanz, ein Manuskript mit einer wunderbaren Rolle – natürlich einer Hauptrolle, Fräulein Julie oder Medea – fest an meine Brust, an mein Herz gedrückt, und ich werde einen schicken, lindgrünen Popelinmantel tragen, mit einem fest um die Taille gezurrten Gürtel …

Diese Taille muss ich allerdings erst noch kriegen, bevor ich etwas um sie festzurren kann.

Ab jetzt fange ich an, Abendgebete zu sprechen, bevor ich einschlafe.

„Lieber Gott, mach, dass ich zum Theater gehen darf!"

Abend für Abend liege ich mit gefalteten Händen und versuche, mit Gott ins Gespräch zu kommen.

Doch das fühlt sich etwas albern an, denn eigentlich glaube ich nicht an Gott. Trotzdem traue ich mich nicht, das Risiko einzugehen, nicht zu ihm zu beten, falls er wider Erwarten doch existiert. Deshalb ändere ich mein Gebet geringfügig:

„Lieber Gott, wenn es dich gibt, mach, dass ich zum Theater gehen darf!"

Aber sowas darf man nicht sagen, wenn ich dem Priester, zu dem ich gehe, Glauben schenken darf. Im Frühjahr soll ich konfirmiert werden, so will es Mama. Ich auch, immerhin habe ich mir schon eine hübsche Armbanduhr bei *Rund um die Uhr* ausgesucht, die ich mir zu diesem Anlass wünsche.

Es ist feige, so zu reden, meint der Priester, man muss auf Gott ver- und sich ihm ganz und gar anvertrauen. Aber das kann ich nicht, also bin ich wohl feige.

Mit der Zeit fange ich an, mich mit meinem Geheimnis einsam zu fühlen. Sein Gewicht lastet immer schwerer auf mir, und es wäre schön, es mit jemandem teilen zu können. Mit Boel! Mit Boel will ich es teilen, mit wem sonst? Ich muss mit ihr reden, ich muss es riskieren. Sie ist meine beste Freundin, wir reden über alles, und abends trinken wir Tee und essen Stullen – manchmal die ganze Nacht lang, vermutlich ist es deshalb so schwer, endlich diese Taille zu bekommen – und wenn es jemanden gibt, der ein Geheimnis für sich behalten kann, dann ist es Boel.

Und in dieser Nacht, in der ich sie einlade, in mein Allerheiligstes, in meinen geheimen Raum – das klingt beinahe erotisch, und das ist es vermutlich auch, auch wenn ich davon nichts ahne – kommen wir einander noch näher. Wir sitzen auf dem Boden, auf weichen Kissen in ihrem Zimmer, die Kerzen brennen feierlich, und das Grammophon spielt die lyrische Suite *Verkleideter Gott*.

Glaubst du, die Schafe würden äsen im Morgenglanz,
auf grasbewachsenem Hügel, wenn's keine Götter gäb?

Es ist schwer zu wissen, was man glauben soll, bislang habe ich nicht den kleinsten Hinweis auf die Existenz Gottes erhalten. Doch die Musik ist wunderbar und Lars Ekborg liest so gut, dass ich die Tränen nicht zurückhalten kann. Boel wird unruhig, stellt den Ton leiser und bittet mich zu sagen, was los ist. Also schnäuze ich mich und fange an, von meinem Geheimnis zu erzählen, und Boel hört zu und nickt ernsthaft, sie versteht mich ganz genau und verspricht auf Ehre und Gewissen, dass sie keinem auf der ganzen Welt davon erzählen wird. Das Versprechen besiegelt sie mit einer Umarmung, bevor sie den Ton wieder lauter dreht, aber da ist Lars Ekborg bereits beim Ende:

– dann sitzt an unserer Seite ein Gott versteckt.

Die Musik verklingt. Wir sehen einander ernst an und sitzen mucksmäuschenstill in dem Schweigen, das folgt. Die Kerzen brennen andächtig. Aber schließlich wird es dann doch zu viel des Guten und als Boel uns mehr Tee einschenkt und es sich anhört wie der reinste Niagara-Fall, explodieren wir beide und lachen, bis wir uns fast in die Hosen machen.

Als wir uns schließlich beruhigen und die Stimmung allmählich wieder annähernd normal wird, frage ich Boel, beinahe ein wenig pflichtschuldig, ob sie nicht auch einen heimlichen Traum hat.

Da wird sie rot und verschüttet beinahe den Tee vor lauter Eifer. Ja, aber ja doch, das hat sie, sie hat sogar zwei heimliche Träume! Genauer gesagt hat sie einen Ersttraum und dann noch einen zweiten in Reserve. Am allerliebsten will sie Forschungsreisende werden, wie Sten Bergman. Und da senkt sie ihre Stimme und erzählt, dass sie Briefe mit ihm austauscht und dass sie ihn vielleicht in Rönninge bei Stockholm besuchen darf, wo er mit all seinen prächtigen und exotischen Vögeln – Paradiesvögeln! – wohnt, die er von seinen Expeditionen in ferne Länder mitgebracht hat.

Ach, so ist das also.

Das ist eine völlig neue Seite an Boel, die sich sehr seltsam anfühlt. Vögel, Expeditionen, ferne Länder. Das klingt natürlich spannend und interessant. Aber es wäre fürchterlich, wenn Boel auf einer solchen Expedition verschwinden würde und jahrelang fort wäre, vielleicht gar nie mehr zurückkehrte, denn so etwas muss doch auch gefährlich sein. Nein, das würde ich nicht aushalten! Nun bleibt mir also die Hoffnung, dass der andere Traum etwas weniger exotisch ist. Etwas normaler, alltäglicher. Ich frage:

Und der Ersatztraum?

Dieses Mal färbt sich Boel sogar noch röter.

Ja … also, druckst sie zögernd, wenn … das mit den Forschungsreisen nichts wird, dann … ach, vergiss es!

Sag schon! beharre ich. Das sind unsere Geheimnisse, die erzählen wir niemand anders auf der ganzen Welt!

Na schön, sagt sie, holt tief Luft und presst beim Ausatmen hervor:

Dann möchte ich einen Neger heiraten!

Und mit einem verlegenen Lachen fügt sie hinzu:

Aber da muss ich wohl erst hier wegziehen!

Vermutlich. Im Norrköping des Jahres 1959 gibt es nicht so viele Neger.

Ich werde für Latein angenommen. Mit Gott läuft es dagegen nicht so gut, ich bekomme keine Antwort, weiß immer noch nicht, was ich glauben soll oder ob ich überhaupt glauben soll. Die Konfirmation hat daran nichts geändert, außer, dass ich froh war, sie hinter mir zu haben und endlich diesen hoffnungslosen Pfaffen los zu sein. Mama war zufrieden und die Uhr bekam ich auch – aber kein Mucks von Gott! Trotzdem fahre ich hartnäckig fort, mein gutes, altes Gebet zu sprechen: „Lieber Gott, mach, dass ich zum Theater gehen darf!"

„Wenn es dich gibt" habe ich wieder gestrichen, weil ich davon ausgehe, dass ich so tun muss, als würde ich vorbehaltlos an ihn glauben, auch wenn mich das mitunter ganz konfus macht, denn wenn er allen Zweifeln zum Trotz doch existiert, ist er ja bekanntlich allsehend und allwissend und garantiert nicht so dumm, dass er meine Scheinheiligkeit nicht durchschaut. Und in diesem Fall straft er mich vermutlich mit seinem Schweigen. Ich gehe viel ins Kino und habe schon ein paar Filme von Ingmar Bergman gesehen. In ihnen geht es oft um das Schweigen Gottes, und ich habe den Verdacht, dass es auch mir gilt.

Aber mit einem Mal passiert etwas. Meine Gebete werden tatsächlich erhört. Irgendwie scheinen sie doch gewirkt zu haben. Pünktlich zu meinem 17. Geburtstag stoße ich auf folgende Anzeige in der Norrköpinger Tageszeitung:

THEATERINTERESSIERTE AUFGEPASST!
Das Stadttheater sucht
Jungen und Mädchen zwischen 16 und 18 für
anspruchsvolle Statistenrollen
in der Herbst-Inszenierung von
EIN TRAUMSPIEL von August Strindberg
Erste Bühnenerfahrungen erwünscht

Ganz unten stehen eine Adresse und eine Telefonnummer, an die man sich „bei vorhandenem Interesse" wenden soll. Bei vorhandenem Interesse? Drei Mal dürft ihr raten!

Alles, was in der Annonce steht, trifft voll und ganz auf mich zu. Erstens bin ich theaterinteressiert, zweitens bin ich ein Mädchen zwischen 16 und 18 und drittens verfüge ich meiner Meinung nach auch über erste Bühnenerfahrungen. Immerhin habe ich in sämtlichen schulischen Weihnachtsaufführungen bis zur vierten Klasse die Wichtelmutter gespielt, und das sogar recht erfolgreich.

Also schreibe ich an das Theater, an eine Art Assistent oder In-Spi-Zient oder wie er sich nannte und berichte von meinem heißen Wunsch, mitwirken zu dürfen, und dann darf ich vorsprechen und dabei ein Gedicht meiner Wahl vortragen. Dafür wähle ich eine Passage aus *Verkleideter Gott*, denn nach allen nächtlichen Sitzungen mit Boel kann ich das Gedicht auswendig. Ich hatte natürlich gehofft, auf der Bühne stehen und im Scheinwerferlicht vortragen zu dürfen, muss mich aber mit einem Probenraum mit

40

grottenschlechter Beleuchtung zufriedengeben. Das ist ebenso gut, wenn nicht noch besser, denn so bin ich nicht einmal besonders nervös, und bevor ich weiß, wie mir geschieht, habe ich die Rolle bekommen! Gut, wenn man es ganz genau nimmt, die Statistenrolle. Die *anspruchsvolle* Statistenrolle für erfahrene Jungen und Mädchen.

Die Sache mit *anspruchsvoll* und *erfahren* beunruhigt mich etwas und dämpft meine Freude ein wenig, weil ich nicht verstehe, was das bedeutet und mich auch nicht traue, zu fragen. Besonders weit ist es mit meiner Erfahrung wirklich nicht her, dessen bin ich mir schmerzlich bewusst. Um die Sache noch schlimmer zu machen, bin ich immer noch Jungfrau. Zum Theater gehen und Jungfrau sein, das fühlt sich nicht richtig an. Bloß nicht zu viel darüber nachdenken. Irgendwie wird sich das schon finden, vielleicht kann ich mit einem anderen erfahrenen Statisten anbändeln? Trotzdem höre ich nicht auf zu grübeln. Was *meinen* die eigentlich damit?

Die Fantasie geht mit mir durch.

Mal bin ich in einer heißen Liebesszene, mal trippele ich in Höschen und BH umher, um im nächsten Augenblick nackt auf der großen Bühne vor vollbesetztem Haus zu stehen. Aber Moment, Augenblick mal, wir spielen doch Strindberg?

Bei Strindberg drohen ja wohl keine Nacktszenen? Durch puren Zufall bekomme ich später ein Gespräch zwischen zwei anderen Statisten mit, aus dem hervorgeht, dass eine *anspruchsvolle* Statistenrolle mit ein wenig Glück sogar das eine oder andere Stück Text beinhalten kann!

Aha, na, wenn das so ist, mit Vergnügen!

Was für ein Geburtstagsgeschenk!

Und auch noch Strindberg, nicht schlecht, Herr Specht!

Und von all seinen Stücken – *Ein Traumspiel*!

„Das Drama, das ich am meisten liebe, das Kind meines größten Schmerzes" – um mit Augusts Worten zu sprechen.

Wenn es ums Theater geht, kenne ich Unmengen von Zitaten.

„Es ist schade um die Menschen" zum Beispiel, aus demselben Stück.

Mag sein, aber manchmal haben sie auch großes Glück, die Menschenkinder.

So glücklich war zumindest ich noch nie.

Aber das wird sich bald ändern.

Wie viele Male hatte sie nicht schon bereut, dass sie Desirée an jenem Abend mit ins Theater genommen hatte!

Am Anfang hatten sie eine großartige Zeit gehabt. Hier sitze ich mit meiner Tochter, hatte sie gedacht und war fast geplatzt vor Stolz auf ihr kleines Mädchen, das dabei war, erwachsen zu werden, das danach aber stattdessen so merkwürdig aufgedreht und überspannt wurde. Es muss genau dieser Abend gewesen sein, an dem sie sich ihre hoffnungslosen Theaterflausen in den Kopf gesetzt hatte.

Was war nur in sie gefahren, sie, die doch immer Lehrerin hatte werden wollen?

Lore legte Wert darauf, dass man sich im Leben einen ordentlichen Beruf zulegte. Sie selbst war zwar Hausfrau, doch das galt noch bis weit in die Fünfzigerjahre als ordentlicher, wenn auch unbezahlter Beruf. Da sie mit einem Künstler verheiratet war, wusste sie nur allzu gut, was es bedeutete, „kleine Brötchen zu backen", ein beliebter Spruch zu Hause, wo sie, seit Gunnar für sein Philosophiestudium nach Uppsala gezogen war, nur noch zu dritt waren. Folke und Gunnar hatten sich am Esstisch regelmäßige Wortspiel-Scharmützel geliefert, doch Folke war auch allein recht gut im Witzemachen und Worteklauben, was mitunter fast zwanghafte Züge annahm. Lore verzog dabei meist keine Miene. Ja, red du nur, sagte sie dann. Ja, sagte Folke, mein Mund kann feixen, und dein Mann kann feilschen. Aber ja doch, auch das konnte er. Er konnte das meiste, und mitunter beneidete sie ihn um seine Leichtlebigkeit. „Lass dir keine grauen Haare wachsen."

Lore war unglücklich mit ihrem Leben als Hausfrau. Sie, die das Handelsgymnasium mit glänzenden Noten abgeschlossen hatte und ein echter Tausendsassa in Buchhaltung war, wünschte sich nichts mehr als eine anständige, entlohnte Stelle. Für kurze Zeit hatte sie im selben Betrieb gearbeitet wie ihr Vater seligen Angedenkens, in der großen Textilfabrik, in der er einst als Spinnerei-Vormann angefangen hatte. Eine frühe Form der Einwanderung von Arbeitskräften, und darüber hinaus hatte er seine ganze Familie mitbringen dürfen. Das war nichts weniger als eine Bestätigung von Helmut Schulzes Wert, als nach dem ersten Weltkrieg die Textilproduktion der Stadt ausgebaut werden sollte.

Lore fand sich mit Kredit und Debit bestens zurecht, bis zu dem Tag, als sich herumsprach, dass ihr Mädchenname Schulze war. Aha, eine Deutsche! Der Vater hatte zwar auch Schulze geheißen, aber das war schließlich etwas ganz anderes, denn damals hatte es ausgesehen, als würde Adolf Hitler den Krieg gewinnen. Es war anders gekommen, und damit wehte auch ein anderer Wind. Aus Lore wurde schlicht „die Deutsche."

„Ich heiße Hannelore", sagte sie. „Verstehst du keinen Spaß", sagten die Kollegen. Aber sie verstand nicht, was daran so lustig sein sollte. Und eines Tages blieb ihr Platz am

Schreibtisch leer. „Die Nerven", lautete die allgemeine Erklärung. Das war nicht überraschend, die Ärmste hatte ja innerhalb eines Jahres ihre halbe Familie verloren. Wer würde
da nicht sonderbar werden?

Am Theater haben alle Angst vor dem Doktor. Der Regisseur der Inszenierung ist das, was gemeinhin als dämonisches Genie bezeichnet wird. Er muss mit Doktor Melinder angesprochen werden und ist so eine Art Promi, oder, wie es zu dieser Zeit noch hieß, eine lebende Legende.

Ja, Herr Doktor Melinder.

Ich verstehe, Herr Doktor Melinder.

Ich werde daran denken, Herr Doktor Melinder.

Und weil es sich bei dem fraglichen Doktor um einen großen Künstler handelt, kann er sich gewisse Freiheiten herausnehmen. Beispielsweise alle wie den letzten Dreck zu behandeln, die in der Hierarchie unter ihm stehen, was praktisch auf alle, möglicherweise mit Ausnahme des Theaterdirektors, zutrifft. Es trifft also nicht nur Jungen und Mädchen zwischen 16 und 18, sondern auch so genannte anerkannte Schauspieler ebenso wie das technische Personal.

Es handelt sich mit anderen Worten um einen demokratischen Arbeitsplatz. Alle leiden gleichermaßen.

Als ich klein war, lebte ich ein behütetes und trautes Leben auf dem Land im Dorf Gravestad. Ein Bauernhof, ein Schuhmacher, ein Schmied und sieben kleine, verfallene Häuschen, von denen eines uns gehörte. Aber in der großen Stadt Norrköping, wo wir jetzt wohnen, gilt das Recht des

Stärkeren. Zumindest in Künstlerkreisen, und da ich mich in ihnen aufhalten will, gilt es, mich gegen die eine oder andere Erniedrigung zu wappnen. Ich kann mich genauso gut gleich daran gewöhnen. Und so schwer ist es auch gar nicht. Eigentlich nur eine Frage der Perspektive.

Es gibt kein schlechtes Wetter, nur falsche Kleidung.

Was mache ich also, wenn ich zur Zielscheibe der Beleidigungen und Schikanen des Doktors werde?

Eine kleine sexuelle Belästigung hier und da hätte ich in meinem Eifer, meine Unschuld loszuwerden, vermutlich beinahe begrüßt. Ich bin mir ganz sicher, dass ich die Einzige in diesem Laden bin, die Jungfrau ist. Alle küssen und umarmen einander und fassen sich ganz ungeniert an.

Sie scheinen sehr erfahren zu sein.

Aber natürlich dürfte das Doktoren-Scheusal mich nie im Leben begrapschen. Egal, was für ein großer Künstler er ist. Allerdings glänzt jedwede Art sexueller Belästigung durch Abwesenheit. Stattdessen hagelt es Beleidigungen und die beherrscht der Doktor meisterhaft. Noch nie habe ich einen so bösartigen Menschen getroffen. Aber da er alle so behandelt, muss ich es nicht persönlich nehmen. Er ist ein Drecksack, und ich habe nicht vor, mich von ihm fertigmachen zu lassen. Wenn man zum Theater gegangen ist und eingelassen wurde, wenn auch nur für kurze Zeit, muss man es aushalten, dass ein rauer Wind weht. Aber mitunter tut das sehr weh, vor allem, wenn er mein Aussehen kommentiert, zum Beispiel die roten Flecken auf meinen Wangen: „Kann mal jemand die Feuerwehr rufen?" In solchen Momenten suche ich die nächstgelegene Toilette auf, wo ich das

Schlimmste herausheule, danach im Spiegel in meine rotge-
weinten Augen sehe und meine selbst ausgedachte Be-
schwörungsformel aufsage: *Es ist eine harte Branche, es ist eine
harte Branche, es ist eine harte Branche …* Das mache ich so
lange, bis es mir zu dumm wird. Dann schließe ich die Kur
mit eiskaltem Wasser ab, atme ein paar Mal tief durch und
damit ist die Sache erledigt.

Eine kalte Abreibung hilft gegen das meiste.

Im Übrigen interessiert sich Doktor Melinder nicht für
Frauen. So viel habe ich auf jeden Fall begriffen, obwohl die
Homosexualität praktisch noch gar nicht erfunden ist. Zumindest ist sie nichts, über das man Anfang der Sechzigerjahre laut spricht.

Auf seine Weise interessiert sich der Doktor allerdings
dennoch sehr für Frauen. Sie scheinen sich nämlich besonders gut zu eignen, um schikaniert und gedemütigt zu werden, selbst so ein Pummelchen aus Gravestad in einem von
Mama genähten Faltenrock. Aber eine Frau, bin ich das? Ein
linkischer, unbeholfener Teenager mit leichtem Überge-
wicht und überentwickelten Schweißdrüsen, das bin ich.
Man addiere eine Prise schlechte Haltung und das weibliche
Geschlecht dazu. Das ist mehr als genug für den Doktor.

Ich bin ganz einfach ein dankbares Opfer.

Dankbar?

Wofür bin ich dankbar?

Gute Frage. Ich bin einfach dankbar. Ich bin ja am Theater.

Wenn auch nur als Statist.

Erfahrener Statist.

Aus dem Text wurde allerdings nichts.

Wie viele Male bin ich eigentlich schon gestorben? Ich zähle längst nicht mehr mit.

Das letzte Mal bin ich auch in der ersten Folge gestorben. Allerdings eines natürlichen Todes, wenn ich mich nicht täusche. Krebs. Soweit man das als natürlich bezeichnen kann.

Da kam der Regisseur, wie hieß er noch, danach zu mir und dankte mir für die gute Arbeit. Es war ein Vergnügen, mit dir zu arbeiten, sagte er. Danke, gleichfalls, wollte ich gerade sagen, aber da war er schon gegangen.

An meinen ersten Auftritt als Leiche erinnere ich mich ganz genau. Auch das war im Theater und es war mein zweites Mal als Statist. Es war allerdings keine Rolle für erfahrene Statisten, ich lag einfach da und wartete darauf, dass ein paar herumalbernde Typen die Leiche entdeckten ... Wie hieß das Stück noch gleich? *Gleiche Leichen gesellen sich gern ...* eine Kriminalkomödie, so idiotisch, wie der Titel vermuten lässt. Von da an lag ich unzählige Male im Sterben. Ich habe meinen Kopf in den Ofen gesteckt, mich erhängt, ich wurde erschossen, erwürgt, bin in Todesangst die Wände hochgegangen, habe mich von meinen Lieben verabschiedet und bin einmal Knall auf Fall tot umgefallen.

Eine recht interessante Karriere. Sollte das in meinen Lebenslauf aufnehmen. „Besondere Kenntnisse: Kann glaubwürdig sterben."

Aber jetzt, wo es richtig interessant wird, wo der fiktive Tod dabei ist, allmählich dem wirklichen zu begegnen ... *dissolve* heißt das, glaube ich, der Effekt, wenn zwei Bilder ästhetisch miteinander verschmelzen ... jetzt ist nicht mal eine Kamera da!

Kein Kameramann, kein Regisseur, überhaupt keiner ist da.

Aber ich bin es gewohnt, klarzukommen. Ich verstehe nur nicht, wieso der, der so nett wirkte und Anders hieß und mich eingeschlossen hat, nicht kommt und mich rauslässt.

Ich hoffe, der Kaffee in der warmen Hütte schmeckt. Hier ist übrigens noch jemand, der seit fünf Uhr heute Morgen wach ist, ein Tässchen wäre jetzt nicht schlecht ... aber wo war ich jetzt noch gleich ...?

In Norrköping, Doktor Melinder, Strindberg …

Ein Traumspiel!

Unter der Leitung des großen Künstlers.

Jetzt sind wir in Fagervik, der schönen Bucht, wie der Name sagt.

Und wie sie lachen ... und wie glücklich sie wirken ... in dieser schönen Bucht ...

Lore hatte sich eine bedauerliche Unart zugelegt. Sie kaute an Fingernägeln und Nagelhaut. Mitunter biss und knabberte sie, bis es blutete. Das verschaffte ihr zwar kurzfristig Erleichterung und verringerte den inneren Druck ein klein wenig, dafür schmerzten und brannten ihre Hände, wenn sie Geschirr spülte, Fenster putzte und bei jeder noch so kleinen Berührung. Sie, die einst für ihre hübschen, schmalen Hände bewundert worden war, versteckte sie nun, so oft sie konnte.

Zu Hause schien Folke zufrieden mit der Tatsache, dass die Ordnung wiederhergestellt war. Lore besserte aus und reparierte, stand wieder am Herd und verlor nie mehr ein Wort über das, was in der Fabrik vorgefallen war. Am meisten fürchtete sie die Tränen und was sie anrichten konnten, wenn sie ihnen einmal freien Lauf ließ. Deshalb waren ihr Tränen zuwider.

Dennoch kam es vor, dass sie feuchte Augen bekam, wenn sie heimlich ihre Gedichte schrieb – zum Beispiel dieses:

SISYPHOS

Kochen, spülen, waschen, flicken, vom Staube alles frei
mittwochs, donnerstags, freitags – dasselbe Einerlei
Ein jeder hat sein Los zu tragen, es zählt nicht, was wir wollen
Nur dumm, dass meines sein muss Steine bergauf zu rollen

Oder dieses:

NUR EINE FRAGE

Wie kann es sein, dass nur ich nicht verstehe
Wenn ich alle um mich lachen sehe?
Nur einmal möchte ich es wagen
Sie nach dem Grund ihres Lachens zu fragen.

– also hörte sie auch damit auf. Und versteckte ihr Notizbuch im Wäscheschrank.

Auch egal. Ein Künstler in der Familie war weiß Gott
mehr als genug.

Und jetzt sah es so aus, als würde noch einer dazukom-
men.

Ein Traumspiel ist ein so genanntes Stationendrama. Der Gott Indra schickt seine Tochter Agnes auf die Erde, damit sie ihm berichte, wie es den Menschen da unten wirklich geht, da er von ihnen ständig nur Jammern und Wehklagen hört. Während ihrer Wanderung im irdischen Jammertal wird Agnes Zeugin, wie die armen Menschenkinder sich abstrampeln wie die Marionetten, wie sie kämpfen, leiden, einander quälen und erniedrigen, und Mal ums Mal muss sie dem Vater berichten: „Es ist schade um die Menschen." Papa greift die Gelegenheit beim Schopf, die Tochter mit einem armen Rechtsanwalt zu verheiraten, der an allem etwas auszusetzen hat: Das Kind schreit zu viel, das Geld reicht nicht, die Kerzen brennen schief, die verschwenderische Gattin weigert sich, Kohlsuppe zu essen, obwohl die doch so billig, nahrhaft und gut ist. Das mögen Freunde der Kohlsuppe so sehen, doch zu denen zählt Agnes nicht, vielmehr ist sie dabei, in ihrem eigenen Heim zu ersticken, wo das beflissene Hausmädchen sämtliche Fenster zuklebt, um Heizkosten zu sparen: „Ich klebe, ich klebe!" Es ist wirklich schade um die Menschen. Agnes verlässt Heim, Mann und Kind und setzt ihre beschwerliche Wanderung fort. Nachdem sie unendlich viele trübselige Stationen passiert hat, kommt sie schließlich in das prosperierende Sommerparadies Fagervik, wo sie zu ihrer Verwunderung eitel Glück und frohe Menschen vorfindet. Vermeintlich frohe Menschen, versteht sich, denn bei Strindberg gibt es Glück höchstens in sehr kurzen und höchst flüchtigen Augenblicken, bevor hinter der nächsten Ecke der Abgrund gähnt. So verhält es sich auch in Fagervik. Hier scheint zwar die Sonne, aber sie bescheint die Tränen der Menschen, die wiederum die Ursache dafür sind, dass das Meer salzig ist, so reichlich fließen sie. Und die arme Agnes muss einmal mehr ihren gewohnt düsteren Bericht erstatten:

Es ist schade um die Menschen.

Die Idee ist nun, dass die erfahrenen Statisten – also wir – das Glück in Fagervik darstellen.

Zum Bild dieses Glücks gehören, außer Sonne und Meer, Jugendliche in hellen Sommerkleidern. Wir sollen also in Glück eingekleidet werden.

Schon zu dieser Zeit – also Anfang der Sechzigerjahre – gibt es eine gesellschaftliche Tendenz, Theater und andere Kulturformen als unproduktiv und kostspielig zu betrachten. Die Kosten müssen um jeden Preis niedrig gehalten werden, besonders, wenn es sich nur um Statisten handelt und auch dann, wenn es sich zufällig um erfahrene Statisten handelt. Deswegen sollen für sie keine neuen Kostüme genäht werden. Stattdessen müssen sie mit dem Vorlieb nehmen, was der Kostümfundus auf dem Dachboden hergibt. Dort werde ich in ein weißes Seersucker-Kleid mit großen roten Punkten gesteckt. Es hat einen weiten, schwingenden Rock und eine breite, rote Seidenschärpe, die dazu dient, meine nicht vorhandene Taille zu betonen. Danach geht es wieder treppabwärts, zum

Laufsteg zwecks Begutachtung und Beurteilung durch den Doktor.

In rascher Folge werden wir hineingeschickt, einer nach dem anderen, ins unbarmherzige Licht der großen Bühne, alle Jungen und Mädchen zwischen 16 und 18, mit zitternden Knien, schweißnassen Handflächen, ebensolchen Achselhöhlen und allen anderen denkbaren Ausdünstungen. Es fragt sich, ob wir immer noch so theaterinteressiert sind.

Irgendwo da draußen in der allumfassenden Dunkelheit sitzt der Doktor in Erwartung eines Festschmauses. Ich sehe ihn nicht, aber ich weiß, dass er da ist. Ich kann seinen schweren, keuchenden Atem bis zu der Stelle spüren, an der ich mutterseelenallein auf der großen, leeren Bühne stehe, bereit für meine Hinrichtung. Mein Herz hämmert vor Unruhe ... nein, *Angst* – so hätte Strindberg das auf jeden Fall genannt. Meine überdimensionierten Schweißdrüsen arbeiten auf Hochtouren und produzieren Sturzbäche von Achselschweiß, der große, unangenehm riechende Felder unterhalb der Achselhöhlen hinterlässt. Schlachtfelder. Es riecht nach Krieg und ich bin einer Ohnmacht nahe.

Ich möchte wieder Lehrerin werden.

Trotzdem bleibe ich stehen und spüre zu meinem Entsetzen, dass es nun auch anfängt, im Darm zu drücken, und ich denke, was, wenn ich mir jetzt mitten auf der großen Bühne in die Hosen scheiße – schaffe es aber nicht, den Gedanken zu Ende zu denken, denn nun grollt eine träge Stimme aus dem pechschwarzen Abgrund:

Trägt das Fräulein noch seine Oberbekleidung unter dem Kleid?

Und Mephisto Melinder lacht bösartig. *Hä hä hä.*

Und ich will *weg, weg, weg.*

Da sitzt er, Der Große Künstler, tief in der Dunkelheit, überheblich und unantastbar, und genießt es, mich und meine Träume zu vernichten. Wie ich ihn hasse, dieses widerwärtige alte Ekel.

Die Tränen sind nicht weit, ich will nur noch weg von hier, hinaus in den Flur und von dort in die Damentoilette, wo ich Trost finde und die kalte Abreibung wartet.

Aber ich komme nicht vom Fleck.

Ich stehe wie angewurzelt auf der Bühne, während das Scheinwerferlicht sich über mich ergießt. Warum kann ich nicht darin ertrinken?

Da passiert es.

Genau da kommt er.

Der Wendepunkt.

Wie ich später auf der Schauspielschule lernen werde, dass man das so nennt.

Oder die Peripetie, falls man sich wichtigmachen will.

Und manchmal will ich das, denn mit meinem Selbstvertrauen ist es nicht allzu weit her.

Aber … was passiert als nächstes?

Ich horche in mich hinein. Und merke, dass die Nerven aufgehört haben zu flattern, das Herz hat aufgehört zu rasen, die Gedärme haben sich wieder beruhigt, und die Tränen haben sich wieder in ihre Kanäle zurückgezogen. Es ist, als versuche jemand, meine Aufmerksamkeit zu erregen, und dieser jemand ist nicht dieser Mephisto. Diese Stimme ist ganz und gar neu, sie klingt sicher und bestimmt, fast schon aufmüpfig. Trotzdem kommt sie mir vage bekannt vor, und sie spricht im breiten Dialekt Östergötlands, als sie sagt:

Einen Dreck wirst du dich einschüchtern lassen! Hör genau her, denn das ist die Chance deines Lebens: Du stehst im Rampenlicht, du hast eine Hauptrolle, und du bist mitten auf der großen Bühne. Sie gehört dir, jetzt mach was draus!

Und weil ich mich immer noch nicht rühren kann, habe ich keine Wahl. Die Stimme – wem auch immer sie gehört – hat ja recht. Wenn das mal nicht August selbst ist! Aber auf Östergötländisch? Er ist ja bekannt dafür, ab und an ein wenig herumzuspuken. Ja, warum auch nicht, die Bühne gehört tatsächlich mir, wenn auch nur für einen Augenblick. Nun muss ich mir allerdings auch eine gute Replik einfallen lassen. Komm schon, August, du bist doch der Experte dafür. Hilf mir!

Aber jetzt ist es vollkommen still. Offenbar bin ich ganz und gar auf mich allein gestellt.

Es ist merkwürdig, aber wie ich da stehe, senkt sich eine große Ruhe über mich. Ich genieße die lange Stille, die eintritt, und die Mephisto erstaunlicherweise zu respektieren scheint.

Hier stehe ich und lasse mir Zeit, denke ich.

Es ist vollkommen rätselhaft, woher ich so viel unerwartetes Selbstvertrauen nehme, aber da es nun so ist, muss ich es ausnutzen und in vollen Zügen genießen. Und genau das tue ich.

Obwohl irgendwann auch ich begreife, dass ich hier nicht für alle Zeiten stehenbleiben kann. Mephisto will ja trotz allem eine Premiere zustande bringen, deshalb strecke ich mich und mache mich bereit.

Ich bin 17 Jahre alt, habe einen krummen Rücken sowie Pusteln auf den Oberarmen und schweißnasse Handflächen, aber ich habe eine Stimme, die über die gesamte Distanz zu Doktor Mephisto trägt. Sie hat nichts Unterwürfiges an sich, sie ist sicher und fest, um nicht zu sagen frech, und auch sie hat einen charmanten mundartlichen Einschlag:

Nee, Herr Doktor Melinder, ich trage keine Oberbekleidung unter dem Kleid. Ich bin einfach so dick. Herr Doktor wird mich nehmen müssen wie ich bin, sonst lassen wir es eben.

Worauf ich die Bühne verlasse, nein, ich *gehe von ihr ab*, ruhig, würdevoll und mit relativ geradem Rücken. Doch sobald die Bühnentür hinter mir zuschlägt, beschleunige ich meinen Schritt und renne aufs Klo.

Nicht um zu weinen. Sondern, weil ich ganz dringend kacken muss.

Am Waschbecken in der Damentoilette steht Kennet, ein weiterer erfahrener Statist und glücklicher Einwohner Fagerviks. Er sieht allerdings alles andere als glücklich aus, wie er da steht, eingezwängt in einen grauenhaften, gelbgestreiften Anzug mit viel zu kurzen Ärmeln und Hosenbeinen.

Im Gegensatz zu mir weint Kennet.

Ich reiße etwas Klopapier ab und gebe es ihm.

„Hier, schnäuz dich! Was hat Mephisto zu dir gesagt?"

Gehorsam schnäuzt sich Kennet und versucht, seine Stimme unter Kontrolle zu bekommen.

„Er hat gesagt, dass … ich … ach, egal!"

„Komm schon, sag's mir!"

„Dass ich … so jämmerlich aussehe, dass man mich einfach vor Publikum vorführen muss! Ich will nicht mehr mitmachen. Ich scheiße auf das hier."

Und er sagt, dass er nach Hause gehen und nie wiederkommen wird.

Ich weiß nicht mehr wie, aber es gelingt mir, ihn zum Bleiben zu überreden. Ich habe mich oft gefragt, ob das richtig war. So richtig warm wurden Kennet und ich nie miteinander. Vielleicht schämte er sich für das, was auf der Toilette passiert war. Und dazu noch auf der Damentoilette.

Doch der Doktor nahm mich, wie ich war, und für die Vorstellung bekam ich ein richtig hübsches Kleid, das eigens für mich genäht wurde. Und als es mit der Statisterei ein paar Monate später vorbei war, sah ich Kennet nie wieder. Ich zog direkt nach dem Abitur aus der Stadt weg, und ein paar Jahre später hörte ich, dass er tot war.

Anscheinend war er von einer Straßenbahn überfahren worden.

Mit dem Geld, das ich am Theater verdient habe, nehme ich den Zug nach Paris.

Es ist Sommer 1963, ich bin gerade 18 Jahre alt geworden und leide schon seit Längerem unter meiner Jungfräulichkeit.

Sex habe ich bisher nur im Kino gesehen, obwohl es einmal bei einem Schulfest fast dazu gekommen wäre, mit Håkan Rydell, aber es wurde peinlich, und ich vermasselte alles.

Jetzt besuche ich einen Französischkurs der Alliance Française, inklusive Studienaufenthalt in Paris. Nun soll es endlich passieren. Wenn schon nicht im Theater, dann selbstverständlich in Paris! „Paris? Da habe ich meine Unschuld verloren", möchte ich eines Tages mit dem richtigen Quäntchen Nonchalance sagen können. Das wird flott und weltgewandt klingen. Obwohl mir vor dem graut, was passieren muss, bevor mein Sexleben richtig anfangen kann. Eine zähe Haut, die ... hieß es wirklich *gesprengt* werden musste? Wohl eher einen Sprung bekommen, aber auch das klingt nicht so verlockend. Vermutlich tut es weh und blutet ... *pfui Teufel*, wie wir zu Hause sagen. Aber jetzt bin ich nicht mehr zu Hause, ich sitze schon im Expresszug nach Paris und träume von Pierre, Marcel, Serge, Jean-Paul oder wie er heißen wird. Jean-Paul, natürlich! Ich bin in Jean-Paul

Belmondo verliebt, den ich im Kino in *Außer Atem* gesehen habe, aber es spielt natürlich keine Rolle, wie er heißt, auf Französisch klingt sowieso alles gut. Hauptsache, er ist nett und vielleicht auch ein wenig gefährlich, dann aber wirklich nur ein bisschen. Wir werden am Ufer der Seine spazieren gehen, vorzugsweise dem linken, la rive gauche, mais oui, und alle paar Meter werden wir stehen bleiben, um uns zu küssen und zu liebkosen, er flüstert mir ins Ohr, dass er mich haben will, *je te veux*, sagt er, und ich folge ihm über eine enge Treppe in seine kleine Studentenbude, und dort, über den Dächern von Paris, wird er mich sehr, sehr lieb haben. Ich habe einmal irgendwo gelesen, wie man kleinen Kindern erklärt, wie Babys entstehen, und dort war es genau so beschrieben: Wenn Mama und Papa einander sehr, sehr lieb haben. Und so viel mehr weiß ich selber eigentlich auch nicht – abgesehen davon, dass *das Ding* da unten *rein* muss. Die alte Biologielehrerin in der Mädchenschule hatte insgesamt ungefähr 40 Minuten für das Thema *Fortpflanzung* zur Verfügung. Ich weiß noch, wie Boel und ich kicherten und fast vom Stuhl kippten vor Lachen, als Hildegun Svanbom, genannt Schwabbel, das Plakat mit Vagina, Penis, Samenleiter und allem Drum und Dran vor die schwarze Tafel hängte, während auf ihrem Hals rote Flecken aufflammten. Danach hatte sie es sehr eilig, es wieder abzuhängen.

Im Sommer würde sie in Pension gehen, und man konnte förmlich sehen, wie sehr sie den Tag herbeisehnte.

Aber um Himmels willen, nicht, dass ich schwanger werde! So lieb darf er mich nicht haben! Aber Jean-Paul wird so wundervoll sein, dass er sich sicher auch um dieses Detail aufs Beste kümmern wird. Hauptsache, es tut nicht zu sehr

weh. Ich will und ich sehne mich danach, ich sehne mich danach und ich will, und wohin mit meiner großen Sehnsucht,
wenn ich nie jemand treffe, der bereit ist, sich ihrer anzunehmen? Soll das ganze Leben eine einzige Sehnsucht bleiben?

Das sind ungefähr meine Gedankengänge, während der
Zug durch Europa stampft, zuerst verheißungsvoll, dann
immer drohender, bevor er schließlich unausweichlich vor
dem Gare du Nord anfängt zu bremsen.

Gare du Nord! Das klingt wie ein Schwarz-Weiß-Film,
und in dem habe ich nun eine Rolle bekommen. Aber wenn
ich es recht bedenke, will ich diese Rolle überhaupt haben?
Nein, das will ich nicht. Ich will das nicht! Ich will nach
Hause zu Mama. Mama, die mein bequemes und pflege-
leichtes Reisekostüm genäht hat, mit Faltenrock und in dis-
kreten Farben. Arme Mama. Sie sah wirklich nicht fröhlich
aus, wie sie da auf dem Bahnsteig stand, um mir nachzuwin-
ken, und sie wollte mich sicher nicht gehen lassen. Aber
Papa ist aus härterem Holz geschnitzt. „Sie ist 18, höchste
Zeit, dass sie ihre eigenen Erfahrungen macht."

Und damit war die Sache beschlossen.

Aber als der Expresszug nach Paris in der Kurve bei Butängen in Sicht kam, hätte ich am liebsten lauthals losge-
flennt und mich Mama um den Hals geworfen. Da kommt
er, der verdammte Zug, dachte ich.

Aber das war damals. In einer anderen Stadt, in einem
anderen Land, in einer anderen Welt. *En Suède*, wo liegt das?

Jetzt knirschen die Bremsen ein letztes Mal. Ich will mir
die Ohren zuhalten und die Augen schließen. Es klingt so
schrecklich und es tut so weh. Im Kopf, im Magen, im Herz,
überall in mir. Aber es hilft nichts. Auf den Schildern vor

dem Abteilfenster steht Gare du Nord, und ich befinde mich nicht mehr in einem Schwarz-Weiß-Film, der hier ist in Farbe, wenn auch in recht dreckigen, und spielt in der Wirklichkeit.

Zuhause ist sehr weit entfernt.

Wo kann ich mich übergeben?

Da sehe ich sie. Dem Himmel sei Dank für Madame Claire!

Genau wie verabredet steht Claire Jeunot auf dem Bahnsteig und winkt eifrig, und ich kann erst einmal ein wenig aufatmen. Sie ist eine Künstlerin, die Papa von früher her kennt, sie haben sich wohl bei einem Malkurs in der Bretagne kennengelernt, so genau weiß ich das nicht, aber vielleicht ist sie eine dieser Damen, die Papa „fesch" findet, und einmal hat sie uns auch in Schweden besucht und in Papas Atelier gewohnt. Ich habe sie als fröhlich und nett in Erinnerung. Und nun hat Papa mit seinem Organisationstalent dafür gesorgt, dass sie mir an meinem ersten Tag in Paris hilft, mich zurechtzufinden, damit ich mich wenigstens nicht schon auf dem Weg zur Pension in der Rue d´Assas verlaufe, wo ich wohnen und von wo aus ich die Schule auf dem Boulevard Raspail besuchen soll.

Mit einem strahlenden Lächeln, leicht schief gelegtem Kopf und ausgebreiteten Armen kommt mir Madame Claire auf dem Bahnsteig entgegen. Beim Lächeln entblößt sie ihre Zähne, die klein, aber längst nicht so weiß sind wie Milchzähne und kreuz und quer in ihrem Mund sitzen, den sie knallrot geschminkt hat. Sie ist von kleiner Statur, dunkel, sehr süß und hat ein wenig schräge Augen. Sie sieht beinahe etwas exotisch aus, und wir tauschen Wangenküsse nach französischer Art, in der Luft. Sie nimmt meinen Koffer in die eine Hand und mich an die andere. Pourque vous ne disparaissiez, sagt sie und lacht. Gott, was für ein schwerer Satz … damit Sie nicht … disparaissiez? … verloren gehen! Und sie siezt mich! Vous êtes. Letztes Mal war es noch tu es. Ich bin jetzt also erwachsen.

Je suis, tu es, il, elle est, nous sommes, vous êtes, ils sont.

Die französische Sprache scheine ich jedenfalls unter Kontrolle zu haben. Bis jetzt jedenfalls.

Flink und leichtfüßig – die ganze Madame ist flink und leichtfüßig – dirigiert sie uns sicher und zielstrebig durch die Menschenmassen und das Gewimmel in den unterirdischen Gängen. Wir sind jetzt in der U-Bahn, le métro, es ist spannend, und sogar, dass es drückend heiß und schwül ist und überall nach Schweiß riecht, ist einfach nur herrlich. Es ist später Nachmittag und Stoßzeit, Millionen Menschen scheinen unterwegs zu sein. Der Zug kommt. Die Menschenmenge drängt sich hinein, und wir werden in einen Wagen gequetscht, wo wir es mit Mühe und Not schaffen, uns in der Mitte an eine Stange zu klammern. Der Wagen ist voller französischer Körper, Ellenbogen, Knie und Hände und die Luft ist erfüllt von fremden Düften. Nein, falsches Wort, es sind eher Gerüche. Interessante und unangenehme Gerüche, aber dennoch verlockend. Ringsum breiten sich Schweißinseln auf Hemden, Blusen und Kleidern aus. Völlig unerwartet taucht Mephisto in einem sekundenlangen Flashback auf, verschwindet aber sofort wieder, denn jetzt bin ich nicht mehr in Norrköping, so viel steht fest. Der Jahrhunderte Freude, der Jahrhunderte Schmerz verkünden, was heißt das wohl auf Französisch? Schmerz oder Trauer heißt tristesse, das weiß ich, weil ich *Bonjour tristesse* von Françoise Sagan gelesen habe, und Freude heißt joie. Den Rest werde ich bald lernen, denn jetzt bin ich in Paris! Und in Paris riecht es streng. Es ist aufdringlich und abstoßend, scheußlich und wunderbar. Ganz anders als zu Hause. Nicht einmal der Schweiß riecht wie zu Hause.

A quoi pensez vous, chérie?

Madame Claire legt den Kopf schief und fragt mich, woran ich denke. Rien, sage ich, nichts. Sie sieht mich ein wenig forschend an, lächelt und greift erneut nach der Stange über meiner Hand. Nun ist ihre Achsel ganz nah an meinem Gesicht, und die riecht stark nach französischem Knoblauchschweiß, der aus den Poren drängt. Behaart ist sie auch, und in dem gewaltigen schwarzen Haarbüschel hängen Schweißtropfen, die grün, gelb und lila glänzen. Sie spricht und lacht, lacht und spricht, und jetzt verstehe ich nicht mehr, was sie sagt, weil ich durch etwas abgelenkt werde.

Ça va, chérie?

Nein, eigentlich geht es mir nicht sonderlich gut, mir wird allmählich übel.

Oui, madame, ça va bien, alles in Ordnung, antworte ich und versuche, ihr Lächeln zu erwidern.

Hinter mir geschieht etwas, etwas Seltsames, sehr Seltsames, mir bricht der kalte Schweiß aus, denn ich merke, wie sich ein Knie in meinen Unterleib presst. Hart, sehr hart und offensichtlich absichtlich, nicht nur, weil es eng ist. Aber es ist wohl doch kein Knie, denn so weit oben hat kein Mensch sein Knie. Aber was ist es dann, was ist das, und warum drückt er so hart? Denn dass es ein Er ist, ist mir klar. Das höre ich, das fühle ich und auch seine Atmung sagt es mir. Dicht, dicht hinter mir steht er und atmet schwer, und etwas sagt mir, dass das nicht an der Wärme liegt. Er schnauft und pustet und keucht, und er kaut auf etwas herum, schmatzt herzhaft mit offenem Mund, es riecht nach Minze und fühlt sich wie Feuer im Nacken an. Es kitzelt und mich schaudert es. Und dieses Knie, das kein Knie ist, drückt sich härter und härter gegen mich, als wollte es sich in mich hineinbohren.

Und Madame Claire lächelt und lacht und fragt und fragt ...

Et votre voyage s'est bien passé?

Aber ja, oui, Madame, ich hatte eine gute Reise.

... während er, der da – Der Unbekannte hätte er wohl in einem Strindberg-Stück geheißen, aber in seinen Stücken macht so etwas ja keiner – er bohrt und bohrt einfach weiter ...

Ich muss die Arschbacken zusammenkneifen, so fest ich kann, alles beginnt mit dem Beckenboden, also kneife ich die Arschbacken zusammen, so fest ich kann, aber er gibt nicht auf, ganz im Gegenteil, er scheint nur noch mehr angespornt zu werden ...

Vous avez un peu dormi dans le train?

... und das, was kein Knie ist ...

Oui, Madame, ich habe im Zug geschlafen.

... dessen bin ich mir inzwischen absolut sicher, das, was jetzt auf dem Weg unter meinen Rock ist, den schönen Faltenrock aus Terylen, den Mama genäht hat, ist kein Knie – eine Erinnerung aus dem Zug taucht auf, ich sehe mein Spiegelbild im Abteilfenster, wie ich da sitze mit meiner Handtasche auf den Knien, der ersten Handtasche meines Lebens, ich bin jetzt eine Frau, die mit festem Griff ihre Handtasche auf den Knien festhält, wie um das Allerheiligste zu schützen, das sich darunter verbirgt, dieses lachhaft überbewertete Allerheiligste, das ich am liebsten so schnell wie möglich loswerden will, Hauptsache, es tut nicht weh, und Hauptsache, nicht jetzt und auf gar keinen Fall so!

Et maman et papa?

Wie viel sie plappert, was für eine Plapper-Madame, er ist jetzt unterm Rock, und seine schweißnasse Hand fummelt da unten herum, ja, zum Teufel, es geht ihnen gut, will ich schreien, um sie zum Schweigen zu bringen, da würde sie aber Augen machen, die Madame, jetzt ist nur noch meine Unterhose zwischen seiner Hand und meinem Po, was soll ich machen, nein, er fummelt gar nicht, er scheint genau zu wissen, was er da tut, und dazu dieses eklige Schnaufen und Schmatzen, schmatz, schmatz, er steuert das, von dem ich nicht weiß, was es ist … denn es kann sich ja wohl nicht um sein … Ding … handeln, oder doch? Es könnte auch ein Regenschirmstiel sein, obwohl, heute ist ja schönes Wetter, da hat doch niemand einen Schirm dabei, jetzt ist der Mistkerl schon fast in meiner Unterhose, der Bund gibt dort, wo er sich zu schaffen macht, ein wenig nach, nun hat er seine Hand da, sie ist groß und grob, er bearbeitet und knetet meine eine Pobacke so hart, dass es wehtut, und ich, ich kneife, kneife, kneife so fest ich kann, *alles beginnt mit dem Beckenboden, alles beginnt mit dem Beckenboden*, aber das weiß ich ja noch gar nicht, jetzt lockert er seinen Griff ein wenig, aber nur, um einen neuen Anlauf zu nehmen und noch härter zu kneten; er gräbt seine Nägel in meine Haut, und jetzt fängt er an, meine Beine auseinander zu drücken, um Platz zu schaffen für das, was dazwischen soll, ich versuche, noch fester zu kneifen, kann aber bald nicht mehr dagegenhalten, was soll ich machen, egal wie es ausgeht, nun kommt es nur auf eines an, und das ist, dass Madame Claire nichts mitbekommt, alles, nur das nicht, denn dann würde ich vor Scham sterben, ja, das würde ich wirklich, mitten in der Pariser Metro vor Scham sterben ... richtig, Himmel, ich bin ja in Paris, je suis à Paris, tu es à Paris, il, elle est à Paris, nous sommes ... meine Wangen werden heiß, mir ist klar, dass sie inzwischen knallrot und ganz fleckig sein müssen, wie sagte der letzte Mistkerl noch ... *kann mal jemand die Feuerwehr rufen* ... falls Madame Claire fragt, muss ich es auf die Hitze schieben, was heißt Hitze auf Französisch ... la chaleur? oder war es le? la, le? Aber sie schwatzt weiter drauflos und lacht, kneifen, kneifen, kneifen, nur darauf kommt es an, und auf oui Madame, non Madame, bien sûr Madame, noch fester kneifen, aber es geht nicht mehr, gleich bekomme ich einen Krampf in den Pobacken, aber genau da ... als mein ganzes Ich dabei ist zu zerspringen, da fasse ich einen Entschluss und bewege meinen einen Fuß ein wenig zurück, so gut es in diesem Gedränge eben geht, bis ich seinen Fuß spüre, und dann trete ich so fest ich kann mit dem harten, kleinen Pfennigabsatz zu, und er jault auf, herrlich, ha, er hat sicher bloß Sandalen an, was für eine Revanche, doch so leicht gibt er sich nicht geschlagen, im Gegenteil, jetzt wird er noch brutaler, und ich, ich habe weiß Gott auch nicht vor aufzugeben, ich merke, dass ich diesen Kampf genieße und fasse meinen zweiten Entschluss, meinen großen Entschluss – und schreie.

Ich schreie!

Geradeheraus, so laut ich kann, hoch, gell, hässlich, unweiblich, vulgär.

Alle Blicke richten sich auf mich.

Oh, wie ich es genieße! Es ist wunderbar, es ist fantastisch.

C´est merveilleux!

L ore stand auf dem Bahnsteig und dachte daran, wie unterschiedlich es sich mit Zügen verhalten kann.

Obwohl sie immer gleich klingen. Das schwere Stampfen gegen die Schienenstöße, das Pfeifen in den Kurven, das Knirschen beim Bremsen, völlig egal, ob der Zug nach Paris, nach Norrköping oder nach Auschwitz fährt.

Sie dachte an ihre eigene lange Zugreise vor langer Zeit, die vom alten Land ins neue geführt hatte. Damals war sie ein Kind, das aus einem Krieg kam. Ein Kind, das sich glücklich schätzen konnte, das das Glück hatte, eine ganze Familie bei sich zu haben, Vati, Mutti und den großen Bruder Paul. Eine Familie, die sich glücklich schätzen konnte, der das Privileg zuteilgeworden war, mit der Aussicht auf eine friedliche Zukunft in ein neues Land zu kommen. Ein Land, das sich glücklich schätzen konnte, das einen Namen hatte, der sehr schwer auszusprechen war, aber wo alle so fröhlich wirkten. Doch Lore war nicht fröhlich, obwohl sie sich Vati und Mutti zuliebe Mühe gab. Sie wollte zurück nach Hause zu ihren Spielkameraden auf dem Hof, den Cousinen im Dorf, zurück zu dem Bach, an dem sie und Emil im Frühjahr mit Rindenschiffchen gespielt hatten, zu Lorelei, dem kleinen, warmen Zicklein, das sie so liebevoll in den Bauch stupste. Den Namen hatte sie selbst aussuchen dürfen, und was hätte besser gepasst als Lorelei? Wo war sie jetzt? Wer würde sich um sie kümmern? Würden sie sich nie wiedersehen? Lore war erst neun, aber sie wusste bereits, dass man manche Fragen besser nicht stellte. Fragen zum *Krieg*, zum Beispiel. Was war das eigentlich, dieser Krieg? Das Einzige, was sie wusste, war, dass Vati *draußen in ihm* gewesen war.

Einmal hatte sie gefragt, ob man auch *drinnen in ihm* sein konnte, jedoch nur Kopfschütteln und seltsame Blicke zur Antwort bekommen. Und wenn sie fragte, wann Vati zurückkommen würde, hagelte es barsche Ermahnungen: Häng die Wäsche ab, hol Kartoffeln, mach deine Hausaufgaben! Sie hatte nur eine schwache Erinnerung an ihn, denn seit dem Tag, an dem sie auf dem Topf gesessen und Mutti gesagt hatte *jetzt zieht Vati hinaus in den Krieg*, waren schon vier Jahre vergangen. Im Dorf gab es viele Vatis, die nie zurückkamen, aber ihrer tat es. Doch als er vier Jahre später in der Tür stand und Mutti sagte *jetzt ist Vati aus dem Krieg heimgekommen*, da bekam sie Angst vor seinen Augen. Sie schauten sie an, ohne zu sehen, und als er sie in den Arm nahm, füllten sie sich mit Tränen. Seit diesem Tag ertrug sie keine Tränen mehr.

Als der nächste Krieg kam, war sie erwachsen und wohnte in Schweden. Dieses Mal war es Paul, der *in ihn hinauszog*. Aber wie der Krieg aussah, wusste sie immer noch nicht, denn auch dieses Mal kam er nicht nach Schweden. Stattdessen sang sie mit, wenn die anderen ihre munteren Lieder über Muckefuck und Lebensmittelmarken und mit Bananen beladene Boote, trällerten. Aber eines Tages verstummten alle Lieder. Das war, als man ihren Vater am Grund des Motala Ström fand, mit Taschen voller Steine. Da begriff sie auch, dass Paul nie mehr zurückkommen würde.

Jetzt wusste sie, wie der Krieg aussah.

Und jetzt war sie es, die nicht auf Fragen antworten wollte.

Onkel Paul ist im Krieg weggekommen und Opa ist bei einem Unglück umgekommen, geh spielen.

Was ist der Unterschied zwischen weggekommen und umgekommen? fragte Desirée.

Ich muss jetzt einkaufen gehen, wir essen um fünf, sagte Lore.

Es war besser, die Kinder rauszuhalten.

Es war wichtig, dass wenigstens die Kinder fröhlich waren.

Desirée jedenfalls schien fröhlich zu sein, dachte Lore und betrachtete ihre Tochter, die auf dem Bahnsteig stand und an der neuen Handtasche herumfingerte. Die hatte sie zum 18. Geburtstag geschenkt bekommen, und nun war sie aufgeregt, lebenshungrig und voller Erwartung, und bald würde sie auf dem Weg nach Paris sein.

Es tat sehr weh, aber man tat gut daran, das nicht zu zeigen. Das tat sie auch nicht. Sie hatte lange geübt, ebenso froh und munter zu sein wie alle anderen, und mit der Zeit war sie richtig gut darin geworden. Aber als der Zug in der Kurve bei Butängen auftauchte, sah sie, dass das Mädchen Tränen in den Augen hatte, und als sie dann das widerwärtige Knirschen der Bremsen hörte, zerbrach etwas in ihr.

Steig schon ein! sagte sie schroff, sehr viel schroffer, als sie beabsichtigt hatte.

Deshalb fügte sie, als das Mädchen einstieg, sanfter hinzu:

Du kannst ja mal schreiben.

Sie bemühte sich jedoch, nicht zu klingen, als läge ihr allzu viel daran. Folke stand neben ihr, und er hätte das missbilligt.

In dieser Nacht konnte sie nicht schlafen.

Als die Pendeluhr im Wohnzimmer drei Uhr schlug und sie sich vergewissert hatte, dass Folke schlief, stand sie auf, ging in die Küche und machte sich warme Milch. Sie rührte etwas Honig hinein, setzte sich mit der Tasse an den Küchentisch und betrachtete ihre Hände. Die Pflaster um ihre Fingerspitzen waren schmutzig und mussten gewechselt werden. Sie ging ins Badezimmer, um neue zu holen, überlegte es sich dann aber anders, ging wieder hinaus zum Wäscheschrank und holte zum ersten Mal seit sehr langer Zeit ihr Notizbuch hervor. Erst dann ging sie zurück ins Badezimmer, verriegelte die Tür, setzte sich auf den Toilettendeckel und begann ein neues Gedicht:

IMMER, WENN ICH AN ZÜGE DENKE …

Nein.
Niemand sah mich an.

Geschrien habe ich auch nicht, natürlich nicht, wie hätte ich es wagen können?

Ich konnte nur schweigen und leiden.

Nein.

Auch das tat ich nicht.

Denn trotz allem genoss ich es.

Es war schrecklich, grauenhaft und widerwärtig, was da vor sich ging, aber ich genoss es.

Aha, dachte ich, das ist also Paris. Interessant.

So geht es also in der großen Welt zu.

Très intéressant.

Aber waren es wirklich solche Erfahrungen, von denen Papa wollte, dass ich sie machen sollte?

Madame Claire scheint überhaupt nichts gemerkt zu haben.

Der Zug bremst an einer Station.

Auf den gekachelten Wänden steht Nôtre-Dame-des-Champs.

Et voilà, Desirée! Il faut descendre, sagt sie.

Wir sind da. Zeit, auszusteigen.

Oui, madame.

Die Pension heißt Les Marronniers – *Zu den Kastanienbäumen*
– und liegt gegenüber des Jardin du Luxembourg.

Mehr Paris kann man nicht haben.

Und meine Straße heißt Rue d'Assas, und ein Stück weiter in ihr hat – man mag es glauben oder nicht –

einst August Strindberg gelebt!

Vor Kurzem habe ich in *Ein Traumspiel* mitgewirkt, und jetzt wohne ich in der Nachbarschaft des Verfassers.

Das muss Schicksal sein. Um einen ganz gewöhnlichen, banalen Zufall kann es sich ja wohl kaum handeln?

Es gibt keine banalen Zufälle! Nicht, wenn man Strindberg glauben darf.

Also waren die Mächte am Werk, Strindbergs berühmte Mächte.

An der Fassade seiner Pariser Wohnung hat man eine kleine Plakette angebracht, die auf Schwedisch darüber informiert, dass der schwedische Schriftsteller in den 1890er Jahren während seiner sogenannten Inferno-Zeit hier gelebt hat.

Was Inferno bedeutet, wusste ich schon, bevor ich Latein gelernt habe. Aber in der Hölle will ich wirklich nicht landen.

Ich bin schließlich hier, um zu lieben und Französisch zu lernen. Oder andersherum.

Mein Aufenthalt fängt allerdings nicht gut an.

In der Pension gehen beunruhigende Dinge vor sich.

Dinge, über die man nicht sprechen kann, mit niemandem und vor allem nicht mit Madame Claire. Dazu ergibt sich ohnehin keine Gelegenheit mehr, denn unsere

Wege haben sich bereits getrennt, nachdem ihr Auftrag erledigt war. Sie hat mir den Weg zur Alliance Française gezeigt, mich in der Pension *Zu den Kastanienbäumen* abgeliefert und mir – lachend, natürlich – Bonne chance! gewünscht.

Viel Glück!

Sie hat gut reden.

Der Jahrhunderte Schmerz, der Jahrhunderte Freude verkünden.

Davon kann im Moment nicht wirklich die Rede sein.

Ich bin der einsamste Mensch auf der ganzen Welt. Die Tränen sind nicht weit.

Um Himmels willen, jetzt bloß nicht heulen!

Das ist also Paris, das ist also Paris, das ist also Paris.

Ich habe nicht vor, Mama etwas zu erzählen. Falls ich überhaupt schreibe.

Sie würde sterben, wenn sie es wüsste.

Wüsste, was in der Metro passiert ist. Und wie es hier in der Pension ist. Dieser sogenannten Pension. Es ist eine sehr merkwürdige Pension, denn hier wohnen nur ältere Herren. Alte Säcke. Eklige, fette alte Säcke. Und ein junger Mann aus Irland, dem Himmel sei Dank, ein rothaariger Künstler namens Brian Kennedy. Wie der Präsident der USA, Kennedy, kam der nicht ursprünglich auch aus Irland? Brian ist jedenfalls *relativ* jung, aber sicher trotzdem ein ganzes Stück älter als ich.

Von ihm werde ich Mama auch nicht erzählen.

Aber warum wohnen, abgesehen von Brian, nur alte Säcke hier? Ich hätte Lust, Madame Fauchon, die Wirtin, zu fragen – wenn es keine alten Männer sind, sind es alte Weiber, die Welt ist voll von alten Männern und alten Weibern – aber nein, ich habe gar keine Lust, zu fragen. Madame Fauchon ist unheimlich, sie hat harte Augen, spricht mit heiserer und rauer Stimme und hat eine schwarze Warze auf der Nase, nie im Leben werde ich sie fragen. Das kann ich auch gar nicht, denn so weit reicht mein Französisch noch nicht.

Aber was machen sie hier, die alten Säcke? Sie scheinen so eine Art katholische Priester zu sein, oder vielleicht Mönche, denn sie haben braune Umhänge mit Seilen um ihre dicken Bäuche. Sie haben schlaffe, schwere Wangen, schlechten Atem und große Hände mit fleischigen Fingern, auf denen schwarze Haarbüschel wachsen. Und diese Hände sind überall, vor allem dann, wenn ich zufällig mit einem solchen Ekel in dem engen Flur auf dem Weg zur Toilette zusammenstoße. „Oh, pardon, Mademoiselle!" Manchmal versuche ich, mich wieder in mein Zimmer zu flüchten, aber einmal, als ich merkte, dass ihm klar war, warum ich das tat, war es mir sehr peinlich. Da murmelte ich wie verrückt meinen Trostvers, als ich endlich in der Toilette war und mich eingeschlossen hatte, aber das half nicht sonderlich viel. Es ist so fürchterlich dreckig da drin, und fast immer ist der Abfluss verstopft oder der Abzug kaputt. Die Kloschüssel ist dauernd dabei überzulaufen, voller Pisse und Scheiße, und das eine vermischt sich mit dem anderen.

Und dann gibt es noch ein kleines Detail, das mich wirklich verwirrt. Über dem Klosett hängt ein kleiner Zettel, nicht größer als eine Visitenkarte, mit einer Reißzwecke an die Wand geheftet, darauf steht mit großen Buchstaben:

ICI INTERDIT DE SE MASTURBER.
AMICALEMENT
LA DIRECTION

Aha. Soso. So ist das also.

Masturbieren? Ich bin mir nicht zu hundert Prozent sicher, was das bedeutet, aber zu neunundneunzig. Vielleicht gibt es auch einen kleinen Unterschied zwischen masturbieren und onanieren. Kann es sein, dass Frauen onanieren und Männer masturbieren?

Zur Sicherheit schaue ich im Wörterbuch nach, aber das Wort masturbieren steht nicht drin. Onanieren auch nicht. Das ist wirklich ärgerlich, warum stehen die wichtigen und interessanten Wörter nie in Wörterbüchern?

Aber genau wegen der *Abwesenheit* des Wortes bin ich mir meiner Sache sicher.

Wie eklig!

Und merkwürdig.

Der ganze Haufen besteht doch aus Priestern oder Mönchen, und Katholiken sind sie noch dazu, die werden so etwas doch wohl nicht machen? Dürfen die das überhaupt? Und selbst wenn, warum zum Teufel sollten sie das dann auf dieser dreckigen Toilette machen wollen? Ich begreife die Welt nicht, und ich weiß auch gar nicht, ob ich sie verstehen will, wenn sie so beschaffen ist. Andererseits ist es auch ziemlich interessant. Frenetisch murmele ich meinen Trostvers vor mich hin, und inmitten von alledem kann ich nicht umhin, die Komik des Ganzen zu sehen. Also gebe ich mich für den Moment mit der Feststellung zufrieden, dass sie es offensichtlich tatsächlich da drin machen, die alten, schlüpfrigen Säcke, dass sie dabei Spuren hinterlassen, die die Madame offensichtlich satthat, und dass sie deshalb den Zettel aufgehängt hat. Vermutlich finden sie es einfach praktisch, die Gelegenheit zu nutzen, wenn sie ihren Schwanz sowieso schon mal draußen haben, denke ich und lache unwillkürlich laut auf. Aber da erschrecke ich mich vor mir selbst, weil ich es gewagt habe, etwas so Unanständiges zu denken.

Da, genau da, in dem Moment, in dem ich nach meinem Besuch des schmuddeligen Örtchens die Tür zum Flur öffne, laufe ich Brian Kennedy in die Arme.

Scheinbar hat er vor der Tür gestanden und geduldig darauf gewartet, an die Reihe zu kommen. Jetzt, wo ich darüber nachdenke … kann es sein, dass der Zettel auch ihm gilt …? Ich schaffe es nicht, den Gedanken zu Ende zu denken, bevor Brian sagt, dass er mich gern in seinem Zimmer malen möchte. Ach, wirklich, wann denn? Jetzt, genau jetzt, wo du so schön lachst. Du siehst so lebendig aus, sagt er, und ich denke an das, woran ich gerade erst gedacht habe und lache erneut auf, dieses Mal allerdings verlegen. So, wie es sich anfühlt, werde ich auch rot.

Warte kurz, ich muss nur kurz hier rein, sagt Brian und zeigt auf die Toilettentür.

Ja, klar, er auch, das ist also Paris.

Da kommt mir ein Gedanke.

Es wäre wirklich praktisch, es bei dieser Gelegenheit endlich hinter mich zu bringen!

Und weil Brian sehr nett ist, kann ich mir tatsächlich keinen besseren vorstellen … wenn er will, versteht sich … aber wollen das nicht alle Männer? Brian ist wie geschaffen für diese *Mission* oder wie man es nennen soll. Mich von *diesem* ... *dieser* ... zu befreien. Das soll heißen, falls das überhaupt noch notwendig ist, denn es ist unklar, was genau sich eigentlich in der Metro abgespielt hat. Wehgetan hat es nicht direkt, und geblutet hat es zum Glück auch nicht.

Wahrscheinlich bin ich also immer noch Jungfrau.

Die Sache ist klar. Er darf. Wenn er will.

Hauptsache, es tut nicht weh.

Brian schmuggelt mich in sein Zimmer. Das ist natürlich streng verboten, was die Sache nur noch besser macht. In seinem Zimmer ist es fürchterlich unordentlich, aber es ist eine bohèmeartige, charmante und junggesellenhafte Unordnung. Außerdem riecht es nach Ölfarbe, also nach zu Hause, nach Papa. Auch er malt Ölbilder, und ich liebe diesen Duft.

Wir sitzen auf Brians Bett. Ein vielversprechender Anfang, aber andererseits ist es auch die einzige Sitzgelegenheit. Der einzige Stuhl im Raum biegt sich fast unter Bergen von Kleidung, Büchern und Zeitungen.

Soll ich ... mich ausziehen? frage ich vorsichtig.

Brian scheint die Frage zu genieren und er lacht etwas angestrengt.

Ähm … ich will doch dein Porträt malen, antwortet er. Dein Gesicht.

Himmel nochmal, was ein Porträt ist, weiß ich schon selber! Ich bin enttäuscht und fühle mich gedemütigt. Er spricht mit mir wie mit einem Kind. Und scheinbar hält er mich auch für eines, denn er fragt:

Wie alt bist du eigentlich?

Achtzehn, antworte ich trotzig.

Ich weiß nicht, wo für einen Iren die Grenze liegt, aber achtzehn muss doch wohl auch da legal sein? Falls er deshalb zögert. Ich bin auf jeden Fall entschlossen, ich werde diesen Raum nicht verlassen, bevor das erledigt ist. Überstanden.

You eighteen? No way!

Brian lacht und wirft sich der Länge nach aufs Bett. Eigentlich eine perfekte Position, man könnte sie fast als Einladung auffassen, was wäre, wenn ich mich einfach neben ihn lege und ihn sehnsüchtig anschmachte. Nein, das traue ich mich nicht.

Please, believe me, I am eighteen! rufe ich viel zu laut für die dünnen Wände.

Ich bin überzeugt, dass Madame Fauchon hinter jeder Tapete dieses Hauses steht und lauscht. Mit einer Mischung aus Entzücken und nackter Angst legt Brian einen Zeigefinger an die Lippen und bringt mich zum Schweigen. Ich kichere, allmählich fühlt es sich an, als ob wir auf der gleichen Wellenlänge sind, und ich entschließe mich, den Stier bei den Hörnern zu packen:

Hast du Madame Fauchons Zettel auf der Toilette gesehen?

Brian weiß sofort, wovon ich rede.

Yes, I have seen it, antwortet er, und in seinen irischen Augen passiert etwas, ich weiß nicht genau, was, aber es ist, als ob sich ihre hellgrüne Farbe dunkler färbt. Das sieht vielversprechend aus, und angespornt von dieser überraschenden Seite an mir werde ich noch verwegener und frage geradeheraus, ob er es auch da drin macht.

Never, sagt Brian.

Machst du es gar nie?

But of course I do.

Wann machst du es denn?

When I get horny.

When he gets horny also ... jetzt ist keine Zeit, im Wörterbuch nachzuschlagen, aber das Wort würde sowieso wieder nicht drinstehen, und außerdem weiß ich, was es bedeutet. Geil. Das habe ich im Kino gelernt. In welchem Film gleich nochmal? Vielleicht war es ein Nouvelle-Vague-Film. Ich bin sehr filminteressiert. Ein Cineast.

Je suis une cinéaste, tu es ... aber „horny" in einem Nouvelle-Vague-Film? Das passt nicht, vermutlich war es doch ein amerik...

An dieser Stelle werde ich aus meinen Gedankengängen gerissen, denn jetzt passiert etwas Interessantes mit Brian. Zuerst bin ich verlegen. Dann fasziniert. Er liegt immer noch in seiner Lachstellung, quer über dem Bett, aber jetzt hat er aufgehört zu lachen. Er scheint in seiner eigenen Welt verschwunden zu sein, er knöpft seine Jeans auf, öffnet ihren Reißverschluss und schiebt seine Hand hinein, während er mich mit glasigem Blick ansieht, seine Augen sind beinahe schwarz, und ich glaube nicht, dass ich es bin, die sie sehen. Wenn sich das hier einige Minuten früher zugetragen hätte, hätte ich Angst bekommen, aber jetzt bin ich neugierig auf das, was kommt, ich will ganz einfach wissen, wie er es macht, denn das habe ich bisher noch nicht einmal im Kino gesehen.

Ich bekomme Lust mitzuspielen, also stelle ich mir vor,

ich wäre Jean Seberg mit Jean-Paul Belmondo in *Außer Atem*, den ich im Frühjahr im Filmclub gesehen habe.

Und neben mir auf dem Bett liegt Jean-Paul und holt sich einen runter, denn dass man das so nennt, weiß ich. Langsam und rhythmisch, beinahe methodisch und voller Genuss bearbeitet er das, was sich in seiner Jeans verbirgt, eine große, geschwollene Beule.

Jetzt streichelt er seine Kastanien, denke ich und frage mich, wie das wohl auf Französisch heißt.

Maintenant il caresse ses ... marrons! Natürlich! Die Pension heißt ja Les marronniers, *Zu den Kastanienbäumen*, was für ein ... Zufall?

Ich bin hier, um Französisch zu lernen, kann man sich da einen besseren Start wünschen?

Brian setzt seine Arbeit zielstrebig fort, inzwischen mit geschlossenen Augen. Es sieht so unglaublich schön aus, dass ich es auch machen will, die Hand in meine Unterhose schieben und loslegen, aber ich traue mich nicht. Später vielleicht, wenn ich wieder in meinem Zimmer bin, aber erst will ich meine Unschuld verlieren. Das wird auch bald passieren, denn das ist also Paris und Paris ist die Stadt der Liebe, wo niemand eine Gelegenheit verpasst, Liebe zu machen.

Aber.

Wenn er so weitermacht und den ganzen Spaß für sich allein hat, dann hat er für mich danach wohl keine Lust mehr übrig? Oder Kraft, denn es scheint kräftezehrend zu sein, und demnächst wird er ja auch kommen. Samenerguss nannte Schwabbel das im Biologieunterricht, und während sie das sagte, bekam sie mitten im Wort einen Frosch im

Hals, und Boel und ich verfielen in einen hysterischen Lachkrampf. Dann kommt das, was Madame Fauchon nicht auf ihrer Toilette vorfinden will. Und danach wollen sie nicht mehr. Oder sie können nicht mehr.

Ich räuspere mich kurz und laut, um Brians Aufmerksamkeit zu erregen.

Er kommt aus dem Konzept und sieht schockiert aus, und ich begreife, dass alles schon zu spät ist, auch wenn er noch nicht *gekommen* ist. Blitzschnell zieht er die Hand aus der Hose, macht den Reißverschluss und die Knöpfe zu und springt auf. Er ist knallrot. Alles an ihm ist rot, das Haar, die Ohren, die Wangen. Alles außer den Augen, die jetzt wieder ihr normales Grün haben.

I am terribly sorry …

It´s ok.

No, it´s not ok. You´d better go now!

But …

Please …

… what about …

… go!

… my portrait?

Go away, please!

Es gibt kein Zurück. Mir bleibt nur, seiner Aufforderung nachzukommen und zu gehen. Verdammte Scheiße.

Ein Porträt wurde aber dann doch noch daraus. Zu guter Letzt. Sogar ein sehr gelungenes.

Ich saß ihm im Frühstücksraum Modell, wohin er seine Staffelei eine ganze Woche lang jeden Tag schleppte.

Als es fertig war, sah ich zwar aus wie eine

Dreizehnjährige. Aber das machte nichts. Ich entschied mich allerdings, den Pferdeschwanz abzuschneiden.

Zwischen uns gab es nichts mehr, was peinlich war.

Im Herbst desselben Jahres wird Kennedy ermordet. Nicht Brian, sondern John F., der Präsident der Vereinigten Staaten.

Für den Rest unseres Lebens würden wir alle uns erinnern, wo wir waren und was wir gemacht haben, als uns die Nachricht von seinem Tod erreichte.

Am Abend des 22. November 1963 bin ich mit Mama im Keller, im Trockenraum, und helfe ihr, Laken glattzuziehen als Frau Lönn, die Nachbarin unter uns, den Kopf durch die Tür steckt und sensationslüstern trompetet, dass Präsident Kennedy tot ist. Ermordet, wahrhaftig!

„So geht es!", fügt sie hinzu, mit einer Mischung aus Triumph und Jüngstem Gericht in der Stimme, womit sie vermutlich auf den skandalumwitterten Lebenswandel des Präsidenten anspielt. Anscheinend war er dem weiblichen Geschlecht äußerst zugetan, obwohl er doch die entzückende Jackie hatte. Gerüchten zufolge hatte er auch etwas mit Marilyn Monroe, die ebenfalls tot war, vermutlich durch Selbstmord.

So geht es für die Untreuen.

Märta Lönn ist dagegen ein untadeliges Kind Gottes, sie ist Zeugin Jehovas und lebt in der Gewissheit, dass gerade ihr eine wunderbare Zukunft und das ewige Leben bestimmt sind, möglicherweise auch noch einigen wenigen anderen Auserwählten, in einem immergrünen und blühenden Tal, wo Schafe und Löwen sich in freudigem Spiel miteinander tummeln. Und weil Märta Lönn vollkommen von ihrer eigenen Vorzüglichkeit erfüllt ist, ist sie schwer zu ertragen, aber als Nachbar bleibt einem nichts anderes übrig. Außerdem ist sie bösartig und hinterhältig, die Lönn, hängt Zettel im Treppenhaus auf, auf denen steht, dass man ihr die Wäsche geklaut hat (wer sollte wohl diese riesigen lachsrosa Unterhosen haben wollen?), punktiert die Reifen falsch geparkter Fahrräder und stiehlt Katzen, um anschließend von den Besitzern Finderlohn zu kassieren.

Es irritiert mich, dass Mama ihr gegenüber so nachsichtig ist. Die Lönn reitet ständig darauf herum, wie dankbar Mama sein sollte, dass sie es in Schweden so gut getroffen hat, woher sie auch immer hat, dass Mama keine Schwedin ist. Mama hat ja nicht einmal einen Akzent, und Pihl ist ein gewöhnlicher schwedischer Nachname. Aber die Lönn weiß alles. Und Mama nickt, lächelt angestrengt und sagt, dass sie dankbar ist. Jedes einzelne Mal. Es macht mich wütend. Warum kann sie ihr nicht einmal die Meinung sagen?

Halt die Klappe, du verdammte, alte Hexe!

Was soll denn jetzt aus dieser armen Welt werden? Und aus mir?

Was, wenn es jetzt wieder Krieg gibt! Den dritten Weltkrieg. Und dieses Mal wird es ein Atomkrieg, denn mittlerweile gibt es ja Wasserstoffbomben, die alles mit einem einzigen großen Knall auslöschen. Und dann ist es vorbei. Und ich bin gerade erst 18 und habe noch nicht einmal mit jemandem geschlafen.

Ganz hinten im Telefonbuch gibt es ein paar beunruhigende Seiten mit der Überschrift:

WENN DER KRIEG KOMMT. Dort steht eine Menge, aus dem ich nicht schlau werde, zum Beispiel so merkwürdige Anweisungen, wie dass man die Badewanne mit Wasser füllen soll. Wozu das denn?

Und die, die keine Badewanne haben, was sollen die machen? Mama kann ich nicht fragen, denn das ist genau die Art von Gespräch, die sie absolut nicht führen will, Gespräche über den Krieg sind tabu. Und Papa auch nicht, der will am liebsten überhaupt nicht über ernste Dinge sprechen und außerdem ist er gerade nicht zu Hause.

Er ist irgendwo in Småland bei der Vernissage für seine neue Ausstellung. Boel kann ich natürlich fragen, aber mit Boel ist etwas passiert, das ich nicht begreife, und zu meinem großen Bedauern sind die Nächte, in denen wir Tee trinken, inzwischen sehr selten geworden.

Ich spüre, dass ich den Tränen nahe bin.

Zieh richtig! sagt Mama und zerrt an dem Laken. Was ist los, du kanntest Kennedy doch gar nicht?

Doch, würde ich am liebsten antworten, ich kannte mal einen Kennedy.

Das ist zwar erst vier Monate her, aber das fühlt sich trotzdem an wie in einem anderen Leben, in einer anderen Welt, weit weg vom Trockenraum in Norrköping. Im Übrigen würde ich sagen: Ich habe mal einen geliebt, der hieß Kennedy. Das klingt besser und interessanter, aber geliebt habe ich ihn wohl nicht, auch wenn er sehr nett war.

Andererseits, woher soll man das wissen, wenn man gar keinen Vergleich hat?

Ich habe zu niemandem ein Sterbenswort über Brian verlauten lassen. Niemand würde es verstehen, nicht einmal Boel. Jedenfalls nicht so, wie sie jetzt drauf ist. Nein, niemand würde verstehen, wie besonders das zwischen Brian und mir war. Alle würden denken, wir hätten die ganze Zeit miteinander geschlafen. Dass er nur das eine wollte, genau wie alle Kerle. Jedenfalls sagt man das, dass die Kerle immer nur das eine wollten. In diesem Fall war allerdings ich es, die nur das eine wollte. Nun wurde mit Brian zwar nichts daraus, aber das, was zwischen uns passierte, war eigentlich viel besser. Wertvoller.

Brian ist mein Geheimnis. Und das geht niemanden etwas an.

Den letzten Tag in Paris werde ich nie vergessen.
Er brachte mich zum Zug am Gare du Nord. Einen
Monat hatte ich in Paris verbracht, und nun sollte ich zurück
nach Hause fahren. Mein Französisch war hervorragend,
aber meine Jungfräulichkeit noch immer intakt, wenn man
von dem absah, was in der Metro passiert war, was immer
es nun auch war, aber das zählte nicht, das war nur eines
dieser Dinge, die eben passieren.

Brian hat soeben meinen Koffer hierhergetragen, den gan-
zen Weg, hinunter in die Metro, wieder herauf aus der Metro
und durch die große Bahnhofshalle am Gare du Nord, genau
wie Madame Claire einen Monat früher, nur, dass wir die
Stationen dieses Mal in umgekehrter Reihenfolge passierten.
Wir stehen auf dem Bahnsteig. Der Zug steht bereits im
Bahnhof, aber es sind noch zwanzig Minuten bis zur
Abfahrt. Mir fällt ein, dass ich gern etwas Obst für die Reise
hätte, und ich habe genug Zeit loszulaufen und ein paar
Früchte zu kaufen, während Brian meinen Koffer bewacht.
Wie immer wimmelt der Bahnhof von Menschen, wie ich
diese Menschenmassen vermissen werde, sogar den
Schweißgeruch und den Knoblauch, der aus den Poren
dringt, das ist die Welt, das Leben! Es sind noch acht
Minuten bis zur Abfahrt, als ich mir mit meinen Bananen

und Äpfeln einen Weg zurück bahne. Seltsamerweise entsteht eine kleine Lücke in dem Gewimmel, und darin sehe ich Brian, der mit meinem Koffer am Bahnsteig steht. Aber er sieht mich nicht. Er sieht auf die Uhr, einmal, zweimal, dreimal, hebt dann seinen Blick und lässt ihn besorgt über das Menschenmeer schweifen. Ja, er sieht wirklich besorgt aus. Ich halte einen Augenblick inne und sehe ihn an, damit sich mir das Bild unauslöschlich einprägt. So nahe bin ich der Liebe noch nie gekommen – ein Mensch, *ein Mann*, den ich sehr gern habe, steht genau jetzt am Gare du Nord und macht sich Sorgen um mich. Vielleicht weiß er auch nur nicht, was er mit dem Koffer machen soll, falls ich nicht zurückkomme, aber im Moment spielt das keine Rolle. Es ist groß und schön, und vielleicht ist es doch Liebe.

Jetzt kann ich die Tränen nicht mehr länger zurückhalten.

Nein, ich meine nicht damals am Gare du Nord. Da und dort gehe ich nur zu ihm und sage

Hi, Brian, here I am, und er sieht merklich erleichtert aus, wir umarmen uns zum Abschied, er hilft mir mit dem Koffer die Stufen des Abteils hinauf, und ich reise meines Weges. Natürlich haben wir unsere Adressen getauscht, aber ich ahne, dass wir nicht viele Briefe schreiben werden. Aber wie die Dinge sich auch entwickeln, ich weiß, dass ich für ihn immer einen Platz in meinem Herzen haben werde. Er hat mich gefragt, ob ich mein Porträt mit nach Schweden nehmen möchte, aber das will ich nicht. Ich will nicht so kindlich aussehen, auch wenn ich ihm das nicht sage. Ich sage, dass ich möchte, dass er es behält. Während ich im Zug sitze, denke ich darüber nach, ob er es wirklich mit nach Irland

nehmen wird. Wahrscheinlich nicht, er wird es wohl weg-
werfen. Aber das macht auch nichts.

Nein, es ist dieser Abend, der 22. November, im Trockenraum hinter der schweren, dicken Eisentür, auf deren Au-
ßenseite das schicksalsschwangere Wort SCHUTZRAUM
steht, an dem ich die Tränen nicht zurückhalten kann. Präsident Kennedy wurde ermordet, es gibt vielleicht bald wieder Krieg, ich habe Angst vor der Zukunft und fühle mich
verlassen und hinausgestoßen in eine immer unbegreifli-
chere Welt.

Eine Sache habe ich auf jeden Fall verstanden, ohne jemanden zu fragen. WENN DER KRIEG KOMMT, dann werden wir hier drinnen sitzen. In diesem Trockenraum, dem
Schutzraum hinter der schweren Eisentür.

Aber was hat es dann mit dem Wasser in der Badewanne
oben in der Wohnung auf sich? Und mit all den anderen
wichtigtuerischen Ratschlägen, wenn doch sowieso alle von
einer Atombombe ausgelöscht werden?

Und als ich darüber nachdenke, fällt das Laken zu Boden.

Aus irgendeinem Grund macht Mama dasselbe.

Und nun liegt das weiße Laken auf dem Betonboden und
muss nochmal gewaschen werden.

Das Laken ... ist das dasselbe Laken, in das man mich jetzt eingewickelt hat? ... Das kann es wohl kaum sein ...

Es war der Abend, an dem Kennedy starb, als ich das Laken losließ, weil ich Angst hatte ... vor dem Krieg, ich hatte immer Angst vor dem Krieg ... Mama und ich waren auf dem Weg zum Singen im Gemeinschaftshaus, im Herbst komme ich in die Schule, warum gibt es Krieg, frage ich, wir gehen die Nordpromenade entlang, frag mich was Leichteres, sagt Mama, wie sie es immer tut, wenn sie nicht antworten will, aber ich will unbedingt eine Antwort haben, warum kommt die Polizei nicht und verhaftet alle, die Krieg führen wollen, frage ich, willst du ein Eis, fragt Mama, und so bekam ich ein Eis am Stiel mit Birnengeschmack, und ich dachte, dass ich dann wohl später meine Lehrerin fragen werde, denn die muss es ja wissen.

W arum habe ich das Laken fallen gelassen? dachte
Lore.

Oder es losgelassen. Denn das hatte sie wohl getan, es losgelassen, und das war das Schlimmste dabei. Als ob sie es selbst so gewollt hätte, und deswegen konnte sie für alles verantwortlich gemacht werden, was schiefging.

Und schiefgegangen war es weiß Gott. Viele Male, und bei vielen anderen Gelegenheiten war es nahe dran. So hatte sie beispielsweise Paul fallen gelassen, als er gesagt hatte, dass er nach Hause fahren und Hitler mit dem Krieg helfen wollte. Sie hätte ihn aufhalten müssen, um jeden Preis. Vielleicht hätte es sogar gereicht zu sagen *du kannst doch nicht deine kleine Torte im Stich lassen*? Wie sie es geliebt hatte, wenn er sie seine kleine Torte nannte!

Was hieß überhaupt nach Hause fahren, Schweden war ja wohl jetzt zu Hause, oder etwa nicht?

Und Vati hatte sie auch fallen gelassen, an diesem schicksalsschweren Abend im Jahr darauf, warum hatte sie das getan, obwohl sie doch wusste, dass große Gefahr drohte? Warum hatte sie ihn nicht auf seinem Spaziergang begleitet – *ich mache nur einen kleinen Abendspaziergang*, das war das Letzte, was sie ihn im Leben sagen hörte. Aber wie hätte sie das auch gekonnt, ohne gleichzeitig Mutti fallen zu lassen? Herrgott nochmal, zwei Selbstmordkandidaten unter einem

Dach ... gewiss, aber sie hätte einfach resolut ihr Kind in den Wagen stecken – *wieso kann ich nie resolut sein?* – und Folke beordern sollen, Mutti zu bewachen, und dann hätte sie sagen sollen jetzt, Vati, jetzt machen wir einen kleinen Abendspaziergang – du, ich und die Kleine – ein bisschen frische Luft wird uns allen guttun, nicht wahr? Und dann hätte sie nicht nachgeben sollen, bevor sie ihn auf andere Gedanken gebracht hatte. Aber stattdessen ließ sie ihn einfach gehen, obwohl sie ahnte, nein *wusste,* dass sie ihn zum letzten Mal sah. So ging er los und nahm den Bus in die Stadt, füllte seine Taschen mit Steinen und dann nahmen die Dinge ihren Lauf.

Desirée hatte sie auch fallen gelassen.

Und nur, weil sie nicht resolut sein und den Mund aufmachen kann. Sie hätte sich gegen Folke durchsetzen sollen, nein, hätte sie sagen sollen, Desirée kann nicht allein nach Paris fahren, das darf sie nicht, das lasse ich nicht zu, Gott weiß, was kann passieren, das heißt, sie kann schwanger werden, aber das sagte man natürlich nicht, denn über so etwas sprach man ni…

Um Himmels willen, das Kind ist schwanger!

Natürlich ist sie das! Wieso hätte sie denn sonst das Laken fallen lassen sollen? Ihr wurde sicherlich schwindelig oder übel. Warum, warum haben wir sie gehen lassen, und warum ist Folke immer in Lappland, wenn er zu Hause gebraucht wird, „ich brauche meine Herbstfarben", schönen Dank auch, aber Herbstfarben gibt es ja wohl weiß Gott auch in Kolmården, da muss man sich nur aufs Fahrrad setzen, ich schaffe das nicht allein, warum um Himmels willen haben wir sie allein nach Paris fahren lassen? Genau so musste es ja kommen. Und nun war es so gekommen.

Geh rauf und mach Tee! befiehlt sie.

Nun hatte sie wieder so hart geklungen. Das war überhaupt nicht ihre Absicht gewesen. Mein kleines Mädchen.

Dann fügt sie hinzu:

Ich habe heute Streuselkuchen gebacken, den können
wir zum Tee essen.

Warum habe ich das Laken fallen gelassen? denke ich, während ich mit dem Wäschekorb durchs Treppenhaus nach oben laufe, aber als ich im zweiten Stock bin, werde ich abgelenkt.

Aus Fogdes Wohnung dringen seltsame Laute. Das kommt ziemlich oft vor. Manchmal hört es sich an, als wäre Donald Duck zu Besuch. Aber dieses Mal weint ein Kind. Merkwürdig, Fogdes haben doch gar keine Kinder. Es gibt in diesem Haus keine Kinder. Auf jeden Fall keine Kleinkinder. Das hat Papa so bestimmt, und das kann er, weil ihm das Haus gehört. Er ist Künstler und Immobilienbesitzer, eine recht eigentümliche Kombination, aber dass wir das Haus haben, ist ein Glück, so kommt wenigstens etwas Miete herein, sonst würde es uns nicht so gut gehen. Besonders gut geht es uns auch so nicht, aber wenigstens sind wir nicht arm.

Papas Atelier befindet sich ganz oben im Haus unterm Dach. Dort riecht es genau wie in Brians Zimmer. Seit ich aus Paris zurückgekommen bin, war ich nur einmal im Atelier, um Papa zum Essen zu rufen. Mir kamen die Tränen, sobald mir der Geruch nach Ölfarbe in die Nase stieg.

Warum so ernst, sagte Papa. Du machst ja ein Gesicht wie sieben Tage Regenwetter. Kopf hoch, meine Kleine!

Jetzt gehe ich nicht mehr hinein, sondern klopfe an die

Tür und rufe, dass das Essen fertig ist.

Ich vermisse Brian so schrecklich, und nun hat er aufgehört, meine Briefe zu beantworten.

Während ich noch im zweiten Stock verharre, werden meine Gedankengänge unterbrochen, als die Tür zu Fogdes Wohnung auffliegt und Lilian Fogde in den Flur tritt. Oder besser gesagt auftritt, so aufgetakelt, wie sie ist. Im Gegensatz zu ihrer sonst so wilden, schwarzen Mähne trägt sie ihr Haar heute streng hochgesteckt und darauf thront ein flaschengrüner Pillbox-Hut aus Samt. Dazu trägt sie einen taillierten Mantel aus demselben Material, der ihren gewaltigen Busen betont; die schlanken Beine stecken in ein paar schwarzen und ebenfalls samtenen Pumps mit hohen Absätzen. Ihr Make-up ist exquisit, aber übertrieben, ihre Lippen glänzen. Papa findet sie fesch. Wie Mama sie findet, weiß ich nicht. Ich finde sie anstrengend.

Lilian Fogde steht also in ihrer ganzen Pracht und Herrlichkeit vor mir, es ist Freitagabend, es ist nach neun, und sie ist bereit zum Ausgehen, aber wo ist Onkel Börje, ihr Mann? Ich finde dieses Geonkele lächerlich, aber Lilian hat bestimmt, dass ich ihn so ansprechen soll, wohingegen ich sie unter gar keinen Umständen Tante Lilian nennen darf. Nein, sie ist mit Fräulein anzusprechen, obwohl sie nicht mehr meine Lehrerin ist.

Kann es sein, dass Onkel Börje zu Hause bleibt, um dieses Kind zu hüten, dieses Kind, das es nicht gibt, aber trotzdem weint? Haben sie ein heimliches Kind? Und falls ja, was machen sie mit diesem Kind, dass es so herzzerreißend weint?

Ah, voilà, Desirée, quelle surprise, bon soir ma chère! ruft Lilian Fogde ein bisschen zu laut und breitet ein bisschen zu theatralisch ihre Arme aus. Alles an ihr ist immer ein bisschen zu viel.

Bonsoir, antworte ich.

Bon soir, madame! N´est ce pas, Desirée?

Oui. Madame.

Lilian Fogde war an der Mädchenschule meine Französisch-lehrerin. Dieses Kapitel ist zum Glück abgeschlossen. Es waren Albtraumjahre, eine Höllenwanderung zwischen Katzbuckeln, Schummeleien, Gekicher und Albernheit. Und dann war da noch diese widerwärtige Mädchenclique, die mich beharrlich die Prinzessin nannte, gefolgt von gemeinem Gekicher, nur weil ich zufällig Desirée heiße. Ja, warum habe ich eigentlich einen so lächerlichen Namen abbekommen, was habe ich mit diesen affigen Haga-zessinnen zu tun?

Einmal habe ich mich sogar getraut und Mama zur Rede gestellt:

Desirée Pihl, hörst du nicht, wie dämlich das klingt? Warum konnte ich nicht Kerstin oder Elisabeth heißen?

Weil Desirée die Ersehnte bedeutet. Außerdem ist das der schönste Name der Welt, und den wollte ich dir geben.

Sagte Mama und sprach von etwas anderem. Und damit war das Thema erledigt.

Jetzt bin ich im dritten Jahr auf dem Gymnasium. Das ist zwar auch kein Vergnügen, aber wenigstens bedeutet es keine täglichen Hänseleien, und in anderthalb Jahren ist alles so oder so aus und vorbei. Das heißt, wenn ich das Abitur bestehe.

Aber jetzt ist es erst Freitag, der 22. November 1963, und soeben wurde Präsident Kennedy ermordet. Mama ist im Schutzraum und mangelt Laken und Kissenbezüge, und ich bin auf dem Weg nach oben in die Wohnung, um Tee zu kochen. Jetzt allerdings versperrt meine ehemalige Lehrerin den Weg, Lilian Fogde, ausladend, üppig und extravagant wie immer. Eine attraktive Frau, mit anderen Worten. Mag sein, aber überkandidelt, heute Abend noch mehr als sonst. Sie gestikuliert wild, die Augen sind weit aufgesperrt, und die roten Lippen vibrieren vor Erregung, als sie von dem Präsidentenmord erzählt:

Desirée, avez vous entendue … monsieur le président des Etats-Unis est mort! Assassiné! Cést terrible, n´est ce pas, ma chère?

Ja, Fräulein, das ist wirklich grässlich.

In einer Art schwachem Protest walze ich meine Worte möglichst breit im Dialekt aus, denn im Moment habe ich wirklich keine Lust, Französisch zu sprechen. Ich habe ganz allgemein keine Lust, mit Lilian Fogde zu sprechen. Außerdem bin ich kurz davor, wieder loszuheulen, und das darf sie, Gott bewahre, auf keinen Fall sehen.

Sonst werde ich sie überhaupt nicht mehr los.

Ich muss … ich werde … Mama und ich … wir wollen Tee trinken, lassen Sie mich … bitte, Fräulein …

Und an dieser Stelle bricht meine Stimme. Ich kann es nicht länger aufhalten. Der Krampf löst sich, und ich heule geradeheraus, während ich versuche, mich an Lilian Fogde vorbeizudrängen, die mir mit ausgestreckten Armen den

Weg versperrt, wie eine Vogelscheuche.

Aber meine Kleine, ma petite, ja, ja, wein du ruhig, das erleichtert, komm her zu Lilian, Lilian tröstet dich! Venez, chérie!

Ihre Worte hallen durchs Treppenhaus und ich stehe Todesängste aus, dass die Nachbarn alles mit anhören, sodass beispielsweise die Lönn auf dem gleichen Stockwerk neugierig wird, die Tür öffnet und sich an meinem Schmerz ergötzt.

Mir wird klar, dass ich keine Chance habe, an ihr vorbeizukommen, und weil ich weder die Kraft noch den Mut habe, zu protestieren, lasse ich mich von Lilian Fogde in die Arme schließen. Ihr gewaltiger Busen ist wie ein weiches Kissen, auf dem man sich ausruhen kann, wie eine dieser französischen Nackenrollen, und für einen kurzen Moment gebe ich nach und finde es unsagbar schön, verhätschelt, bedauert und bemitleidet zu werden. Darauf versteht sich bei uns zu Hause niemand so richtig, da soll man frisch, fromm, fröhlich und frei sein und am besten keinerlei tröstender Worte bedürfen. Aber heute geht das einfach nicht, nicht jetzt, wo der eine Kennedy ermordet wurde und der andere meine Briefe nicht mehr beantwortet.

Eine Wolke Shalimar umgibt Lilian Fogde und der schwere Duft in Verbindung mit erwachenden Hungergefühlen, oder was auch immer das sein kann, verursacht starke Krämpfe in meinen Eingeweiden. Ich presse hervor:

Ich muss mich übergeben!

Blitzschnell bin ich wieder frei, Erbrochenes auf ihrem Gewand will sie nun doch nicht riskieren. Den Wäschekorb lasse ich stehen und sprinte die Treppe hoch, öffne die Tür, stürme in die Toilette, klappe Deckel und Klobrille hoch und gehe auf die Knie. Meine Eingeweide ziehen sich zusammen und ich kotze mir die Seele aus dem Leib. Es nimmt überhaupt kein Ende. Es ist ekelhaft und gleichzeitig erleichternd.

Ich habe nicht einmal bemerkt, dass Mama im Flur steht.

Bist du krank?

Sie hat wieder diese harte Stimme.

Nein, ich habe bloß Hunger.

Aha.

Sie klingt skeptisch.

Sie glaubt, ich bin schwanger.

Soll sie.

An einem eiskalten Februarabend sitze ich in der Straßenbahnlinie 3 auf dem Weg zum Kino *Rote Mühle*. Ich bin Mitglied im Filmclub des Arbeiterbildungsverbandes, der dort seine Vorführungen hat, und über den Winter steht Alfred Hitchcock auf dem Programm. Heute Abend werde ich *Der unsichtbare Dritte* mit Cary Grant und Eva Marie Saint sehen. Als die Straßenbahn an der Haltestelle Södertull hält, bekomme ich Herzklopfen. Håkan Rydell steigt ein. Auch er belegt den Lateinkurs des Gymnasiums, ist allerdings ein Jahr über mir und wird im Frühjahr das Abitur machen. Er grüßt mich etwas flüchtig, so, als könne er mich nicht richtig einordnen, setzt sich aber dann unerwartet auf den freien Sitz neben mir. Davon hätte ich nicht einmal zu träumen gewagt! Im letzten Frühjahr habe ich beim Schulball ein bisschen mit ihm rumgeknutscht, aber das ging nicht gut, obwohl alles sehr vielversprechend anfing. Als ich merkte, dass er, während wir zu *Twilight Time* tanzten, einen Ständer kriegte, sagte ich, sobald die letzten Takte verklangen, dass ich jetzt leider gehen müsste, um die letzte Straßenbahn zu erwischen. Ach so, sagte er, und das war`s. Seitdem hat er mir, wenn wir uns im Schulflur begegneten, höchstens mal zugenickt und auch das recht uninteressiert. Und jetzt sitzt er mir nichts, dir nichts auf einmal neben mir! Jetzt kommt es darauf an, dass ich meine Karten richtig ausspiele, denn er sieht gut aus, wirkt nett und war ein guter Tanzpartner, jedenfalls bis zu der Sache mit dem Ständer. Jetzt darf ich mich nur nicht so kindisch anstellen, denn so viel habe ich von Schwabbels Plakat behalten, dass die Erektion des Mannes quasi die Voraussetzung dafür ist, dass ich endlich meine Unschuld loswerde. Allerdings hilft das nichts, denn irgendwie fühlt es sich trotzdem bedrohlich an, wenn es so greifbar wird. Ich weiß, dass ich mich zusammenreißen muss. Hier bekomme ich völlig unerwartet eine Riesenchance! Håkan Rydell wirkt wirklich nett. Vermutlich ist er auch intellektuell, denn er trägt eine Brille, ist dabei, sich einen Bart stehen zu lassen, und er scheint auf dem Weg zum Filmclub zu sein.

Er fragt, wohin ich will, und ich sage ihm, dass ich zur *Roten Mühle* unterwegs bin.

Ach, du bist also im Filmclub?

Mein Enthusiasmus bekommt erste Risse, ich hatte vergessen, dass er so breiten Dialekt spricht, mit schweren l und schleppenden Diphthongen. Die Mundart Östergötlands macht sich im romantischen Kontext nicht gut. Aber wenn ich es endlich hinbekommen will, muss ich darüber großzügig hinwegsehen. Und Norrköping liegt nun einmal in Östergötland, ich muss also realistisch bleiben.

Ja, du auch?

Mm, wird spannend heute Abend.

Mm, wirklich.

Wird spannend heute Abend? Wie meint er das? Vermutlich bezieht er sich nur auf den Film, aber schließlich sind alle Hitchcock-Filme spannend. Es fühlt sich an, als würde ich rot werden. Falls das stimmt, ist es peinlich, ich fange also an zu plappern, um meine Verlegenheit zu überspielen, rede viel zu viel, über die Rote Mühle, darüber, dass ich hier zum ersten Mal in meinem Leben ins Kino gegangen bin und dass ich sehr enttäuscht war, nicht wegen des Films, von dem ich nicht einmal mehr weiß, wie er hieß, sondern, weil ich mir eine richtige Mühle vorgestellt hatte, und dass sie rot sein und Windmühlenflügel haben würde, die sich drehten, und dann war es nur ein ganz gewöhnliches Steinhaus an der Drottninggata. Doch Håkan Rydell sieht mich sowohl interessiert als auch etwas amüsiert an, und dann ist es plötzlich ganz selbstverständlich, dass wir uns im Kino nebeneinandersetzen. Håkan schlägt die Sitzreihe ganz hinten vor, und ich erstarre kurz, was hat er gesagt, ganz hinten? Nachdem ich in Paris Ingmar Bergmans *Das Schweigen* gesehen habe, weiß ich, was in der hintersten Sitzreihe eines Kinos passiert, und das möchte ich nun wirklich nicht, auch wenn das natürlich auch eine Möglichkeit wäre, es endlich hinter mich zu bringen. Doch Håkan ist schon auf dem Weg in die letzte Reihe. Für Proteste ist es zu spät, mir bleibt nur, die Zähne zusammenzubeißen und den Dingen ihren Lauf zu lassen. Als Erstes will er bestimmt mit mir Händchen halten, denke ich, weswegen ich meine schweißnassen Handflächen nervös, aber diskret an meinem Mantel abtrockne, von dem ich nicht weiß, ob ich es wagen soll, ihn auszuziehen oder nicht. Aber Håkan hat seinen Dufflecoat auch nicht ausgezogen, daher entschließe ich mich, meinen Mantel ebenfalls anzubehalten. Dann wird er mich wohl küssen wollen, hoffentlich habe ich keinen Mundgeruch, und streicheln, ein bisschen rummachen … und dann?

Der Film fängt an. Zuerst fällt es mir schwer, mich zu konzentrieren, ich denke nur an das, was bevorsteht, wollen wir wirklich hier in aller Öffentlichkeit knutschen und fummeln? Wird das nicht peinlich? Aber schon bald fesselt der Film mich doch, denn der ist fürchterlich spannend, und nachdem Cary Grant aufgrund einer Verwechslung in einer unendlichen Wüstenlandschaft gelandet ist, wo er scheinbar endlos von einem tieffliegenden Sprühflugzeug gejagt wird, wird es unerträglich. Ich möchte, dass Håkan seinen Arm um mich legt, daher rücke ich unauffällig etwas näher an ihn heran. Nichts passiert. Er nimmt nicht einmal meine Hand. Es gibt keine Küsse, keine Berührungen, keine Liebkosungen. Es passiert gar nichts. Ich fühle mich regelrecht gedemütigt. Bin ich wirklich so uninteressant?

Aber als der Film sich allmählich dem Ende zuneigt – Cary Grant ist den Schurken entkommen und allem Anschein nach wird es nicht mehr lange dauern, bis er Eva Marie Saint in diesem berühmten Schlafwagenabteil sehr, sehr liebhaben wird, und außerdem wird genau in dem Moment, in dem der Zug in einen Tunnel rast, abgeblendet – werfen Håkan und ich uns aus den Augenwinkeln verstohlene Blicke zu. Ich werde verlegen, denn als echter Cineast kenne ich diese Metapher natürlich, und ich nehme an, dass Håkan das auch tut. Jetzt wird er doch wohl meine Hand nehmen? Nein, es passiert nach wie vor nichts, nicht einmal, als Cary Grant Eva Marie Saint zu sich in die obere Etage des Stockbetts zieht und nicht der kleinste Zweifel besteht, was die beiden da oben treiben werden. Doch davon bekommt man natürlich nichts zu sehen.

… es muss ganz deutlich werden, dass das Opfer vor dem Mord gefoltert wurde … an dieser Stelle entschied ich mich, die Rolle abzulehnen … *auf ungewöhnlich grausame Art gefoltert wurde …* und dann unterschrieb ich … forderte nicht einmal eine höhere Gage … die Welt ist voll von Schauspielerinnen, die sich ermorden und für ein paar tausend Kronen in einen Leichensack stecken lassen, wieso kommt er nicht, der, der nach Kaffee roch … Wie hieß er noch gleich … Anders? … Ja, Anders, das war's!

W ir stehen wieder draußen in der Kälte und absolut nichts ist passiert. Wo es nun schonmal so kalt ist, könnte er ja wenigstens seinen Arm um mich legen und mich ein bisschen wärmen, denke ich, aber nein. Der gesamte Abend war vollkommen keusch, und die Linie 3 nähert sich schon. Weil Håkan Rydell schon an der Haltestelle Södertull aussteigt, habe ich ganze zwei Haltestellen, bevor ich jegliche Hoffnungen begraben kann. Da sagt er, und dabei klingt sogar sein Östergötlandsdialekt richtig reizend, dass wir doch noch zu ihm nach Hause gehen, Tee trinken und uns über den Film unterhalten könnten.

Habe ich richtig gehört?

Dis heißt, wennde nix andres vorhast.

Nein, überhaupt nicht!

Ich hätte beim Antworten das Ausrufezeichen weglassen sollen, ich klinge viel zu eifrig. Aber er hat mich derart überrumpelt, dass ich es nicht rechtzeitig geschafft habe, einen Gang zurückzuschalten.

Wir steigen in die Straßenbahn ein. Ich bin ziemlich nervös. Was er denkt, lässt sich kaum sagen. Ich stammele etwas von seinen Eltern, sind … sie … zu Hause, oder …?

Nee, antwortet Håkan, mein alter Herr ist im Odd Fellow und Mama ist ausgezogen. Das klingt seltsam, das mit der Mutter. Aber ich sage nichts. Nur, dass mir eine Tasse Tee bei dieser Kälte guttun wird, und ich denke, dass es jetzt bald soweit ist. Hoffentlich tut es nicht weh.

Ungewöhnlich grausame Folter … das kommt bei Hitchcock nie vor … Warum eigentlich nicht, ungewöhnlich grausame Folter, warum wird das nie gezeigt? … Wenn ich hier rauskomme, fange ich an, Drehbücher zu schreiben … Warum komme ich nicht RAUS HIER, warum kann er nicht kommen und mich rauslassen … der, der Anders hieß … und so gut nach Kaffee roch … ich will Kaffee, hört ihr mich, ich will KAFFEE

L ore hatte sich stundenlang schlaflos hin- und herge-
wälzt.

In höchster Anspannung hatte sie dagelegen und in
den Flur gelauscht, so gut das bei Folkes Schnarchen eben
ging. Um Viertel vor zwölf war sie auf die Toilette gegangen,
obwohl sie gar nicht musste. Sie hätte niemals zugegeben,
noch nicht einmal vor sich selbst, dass sie das nur machte,
um nachzusehen, ob Desirées Schuhe nicht doch schon im
Flur standen, obwohl sie sie nicht nach Hause kommen gehört hatte. Es war das erste Mal, dass so etwas vorkam, dass
sie sich nicht meldete. Es gab so unendlich viel in dieser
Welt, um das man sich Sorgen machen musste, doch in dieser Hinsicht hatte sie sich immer auf ihre Tochter verlassen
können. Aber scheinbar hatte es nun auch damit ein Ende.

Sie wollte ins Kino, das hatte sie jedenfalls gesagt, dass
sie zur Vorstellung des Filmclubs ging, aber dann war sie
normalerweise gegen halb zehn zu Hause. Nun war es fast
halb eins. Etwas musste ihr zugestoßen sein. Ein Unfall?
Vielleicht war sie auf einer Eisplatte auf dem Gehweg aus-
gerutscht und hatte sich das Bein gebrochen, den Kopf auf-
geschlagen oder, noch schlimmer, sie war überfahren worden. Aber dann hätte man doch aus dem Krankenhaus
angerufen? Andererseits, wen sollten sie anrufen? Wenn sie
bewusstlos war, oder ... Gott bewahre! ... Woher sollten sie

denn wissen, wen sie informieren sollten? Wenn sie mit jemandem zusammen unterwegs war, würde der- oder diejenige sicher wissen, was passiert war, aber das war sie vermutlich nicht, sie unternahm gerne Sachen allein. Das Beste war, noch einmal aufzustehen und sich zu vergewissern, dass mit dem Telefon alles in Ordnung war. Doch, es funktionierte, sobald sie den Hörer abnahm, hörte sie das Freizeichen. Sie hatte das bereits einmal heimlich kontrolliert, bevor sie sich hingelegt hatten. Um Himmels willen, was, wenn sie vergewaltigt worden war! Ihr Mädchen, geschändet und in eine Schneewehe geworfen. So kalt wie es heute Nacht war, würde es nicht lange dauern, bis sie erfror. Was hatte sie eigentlich an? Sicher war sie ohne Mütze losgelaufen, wie sie es inzwischen immer tat. Hauptsache, die Frisur saß, das war das Wichtigste. Ganz plötzlich war der Pferdeschwanz zu kindlich, der war bereits in Paris verschwunden, obwohl er praktisch war und ihr gut stand. Andererseits war sie sonst nicht wirklich eitel, sie hatte ja stattdessen ihre Interessen, Filme, Bücher ... und natürlich das Theater, das Theater, das Theater ... Seit sie aus Paris zurück war, war sie so geheimniskrämerisch geworden, was war dort eigentlich passiert? Etwas war es auf jeden Fall, sie war ganz verändert, kränklich, traurig, launisch, sie, die doch sonst immer so offen und fröhlich war, und das eigentlich immerzu. Eine Zeit lang hatte Lore gedacht, sie wäre schwanger, vor allem an dem Abend nach dem Mord an Kennedy, da war sie so merkwürdig abwesend gewesen, hatte den Wäschekorb mitten im Treppenhaus stehengelassen und sich in der Toilette übergeben, aber zwei Tage danach hatten Binden im Müll gelegen, dem Himmel sei Dank.

Wie sie das liebenswürdige kleine Mädchen vermisste, das sich so sehr über einen frisch gebackenen Streuselkuchen oder einen selbstgenähten blauen Rock freuen konnte. Mit Folke konnte sie auch nicht reden. Über manches natürlich schon, Kunst, die Volkstanzgruppe oder die Grundsteuer, wenn er überhaupt zu Hause war, aber so war es nun einmal, mit einem Künstler verheiratet zu sein, der ständig auf Achse war. Über das hier konnte sie allerdings auf keinen Fall mit ihm reden. Über das, was sie wirklich mit ihm zu besprechen gehabt hätte. Auch wenn das natürlich riskant war, denn es konnte zu Tränen führen. Aber alles, was Desirée betraf, war laut Folke nur natürlich, das gehörte zur Entwicklung, das Mädchen musste lernen, Verantwortung zu übernehmen, es war gut, dass sie hinaus in die Welt kam und ihre eigenen Erfahrungen machte.

Na, vielen Dank auch. Wenn sie erst ein Kind erwartete, wäre es zu spät.

Falls es das nicht schon war.

Zwanzig Minuten vor zwei Uhr kam sie nach Hause, und es hörte sich an, als ob sie weinte.

Folke setzte sich mit einem Ruck im Bett auf, aha, er war also wach? Wie lange schon? Bedeutete das etwa, dass er sich doch Sorgen machte?

Aber als sie sich selbst im Bett aufsetzte, landete sofort eine warnende Hand auf ihrem Arm.

Das regelt sie selber, sagte Folke leise und mit zusammengebissenen Zähnen.

Danach wurde die Sache nie wieder mit einem Wort erwähnt.

V on jetzt an teile ich mein Leben in die Zeit vor und nach Håkan Rydell ein.

Und als ich in dieser Nacht in der eiskalten Straßenbahn nach Hause sitze, ist es schon „nach". *Nimm deine Klamotten und verschwinde, du deutsches Luder!* hatte er geschrien, dieses widerwärtige Ekel. Es ist die letzte Bahn, es ist Mitternacht. Eigentlich hatte ich nach Hause gehen wollen, zu Fuß, schnell, schnell, mit langen Schritten, um wenigstens zu versuchen, den Zorn und die Demütigung abzuschütteln. Aber ich habe zu Hause versprochen, dass ich immer die Bahn nehme, wenn es spät wird. Und Versprechen will ich nicht brechen, schon gar nicht gegenüber Mama und Papa, auch wenn ich mir dabei manchmal geradezu ekelhaft brav vorkomme. Ich weiß sehr wohl, dass viele meiner Klassenkameraden mich beneiden, denn es hat sich herumgesprochen, dass es bei mir zu Hause keine Regeln gibt. Keine Sperrstunden. Unter einer Bedingung: Abends soll ich zu Hause anrufen und sagen, wo ich bin und mit wem. Wenn Mama allein bestimmen dürfte, sähe das sicher ganz anders aus, aber es sind nun einmal Papas Regeln, oder besser gesagt seine Nicht-Regeln, die gelten. Und Papa sagt, dass er mir vertraut, da bleibt Mama gar nichts anderes übrig, als mir auch zu vertrauen.

Dieses Mal allerdings werden sie sehr enttäuscht von

ihrer Tochter sein.

Es ist spät, und ich habe nicht angerufen.

Und was noch schlimmer ist: Wenn ich nach Hause komme, muss ich lügen.

Denn ich kann auf keinen Fall erzählen, wo ich war und mit wem.

Jetzt habe ich also sieben Haltestellen, um mir eine glaubwürdige Lüge auszudenken.

Und dann muss ich sie auch noch erzählen.

Das wird nichts. Ausgerechnet ich, die Schauspielerin werden will, kann noch nicht einmal lügen.

Aber das ist im Moment trotzdem nicht das Schlimmste. Das Schlimmste ist, wie es in mir aussieht. Noch nie in meinem ganzen Leben hat mich jemand so erniedrigt. Noch nie in meinem ganzen Leben war ich so unglücklich. Wenn mich jetzt jemand anfasst, zerbreche ich. Und vielleicht ist es genau das, was ich im tiefsten Inneren will, einfach nur zusammenbrechen, die Dämme brechen lassen, ein Häufchen Elend sein, mich heulend wie ein Schlosshund in die Arme des erstbesten Menschen werfen – am liebsten natürlich in die von Mama – und alles erzählen, aber das geht ja nicht.

Nein, das geht nicht. Mama ist lieb, jedenfalls meistens und auf ihre eigene, etwas strenge Art, aber verstehen würde sie trotzdem nicht. Sie würde nur wieder glauben, dass ich schwanger bin, sie sagt es zwar nicht, aber ich sehe, wie sie mich mustert, wie ihr Blick über mich wandert.

Dann würde sie sagen, dass sie einen Kuchen gebacken hat oder dass sie mir einen neuen Rock näht oder Steckrübenpüree mit Eisbein zum Abendessen macht.

E s ist erst drei Stunden her, dass wir an der Haltestelle Södertull aus der Straßenbahn gestiegen sind.

Der Abend ist beißend kalt, aber auch strahlend schön, es ist sternenklar und Vollmond.

Schweigend gehen wir Seite an Seite, ohne einander zu berühren.

Håkan Rydell wohnt in einem stattlichen Altbau an der Südpromenade. Das weiß ich schon, denn das habe ich nach dem Zwischenfall mit diesem peinlichen Tanz beim Schulball in Erfahrung gebracht. Ich weiß auch, dass sein Vater Direktor der großen Textilfabrik YFA ist. Dort hat Mama auch mal gearbeitet, im Büro, für kurze Zeit und vor Ewigkeiten, ebenso Großvater vor noch längerer Zeit. Ich habe oft gehört, wie Mama und Papa sich am Küchentisch über Direktor Rydell unterhielten, oder einfach über „Rydell", wie sie sagten, aber ich verstand nie, worum es ging, und es kümmerte mich auch nicht. Irgendetwas mit Geld, Macht und Politik. Aber Geld, Macht und Politik interessieren mich nicht, ich interessiere mich nur für Dinge, die mit Theater und Film zu tun haben und dafür, wie ich meine Unschuld loswerde.

Zu einem Gespräch über den Film kommt es nie, abgesehen davon, dass wir uns auf der kurzen Straßenbahnfahrt nach

Södertull darauf einigen, dass er gut und wahnsinnig spannend war.

Jetzt stehen wir am Herd in der Küche, wo Håkan soeben das Teewasser aufgesetzt hat.

Was für eine schöne Wohnung, sage ich und merke sofort, dass ich mich blamiert habe. Denn das hier ist keine Wohnung, das ist ein *Wohnsitz*.

Während wir da ziemlich nahe beieinanderstehen und darauf warten, dass das Wasser kocht, küsst er mich. Ich bin vollkommen überrumpelt, denn das, was zwischen uns ist, falls es überhaupt etwas ist, fühlt sich mehr kameradschaftlich als erotisch an. Vielleicht denkt er einfach, er muss mich küssen, sozusagen um seinen Pflichten als Gastgeber nachzukommen, nachdem er mich nun eingeladen und außerdem sturmfrei hat. Es fühlt sich auf jeden Fall unglaublich gut an, geküsst zu werden. Und ein bisschen kratzig, weil er an seinem Bart arbeitet, aber witzigerweise macht das das Ganze nur noch schöner. Ich will so schnell wie möglich mehr davon, jetzt, sofort, und als Håkan vorschlägt, dass wir ein Tablett mit in sein Zimmer nehmen, lasse ich mich nicht lange bitten. Ich bin nicht einmal sonderlich nervös, nicht einmal, als wir uns auf sein Bett setzen, neben dem ein Hocker für das Tablett steht, und nicht einmal, als er findet, dass wir uns auch hinlegen und ein bisschen ausruhen können, während der Tee zieht. Ja, sage ich, ich fühle mich tatsächlich ein bisschen müde und da lächelt Håkan mich an und nimmt seine Brille ab, und seine Lippen sind so weich und sanft, als er mich zum zweiten Mal küsst. Oder vielleicht ist es auch das dritte Mal und vielleicht bin ich es, die ihn küsst, ich habe die Übersicht verloren, ich will einfach nur mehr und mehr und mehr. Und alles, was wir ab jetzt machen, fühlt sich an wie ein wunderbares Spiel, ein neues und erregendes Spiel, bei dem ich da unten nass werde, und kurz mache ich mir Sorgen, dass ich mir in die Hosen gepinkelt habe, aber dann fällt mir ein, dass Schwabbel im Biologieunterricht mit glühenden Wangen etwas von einer Art *Sekret* gestammelt hatte, das da bei der Frau kommen sollte, also gehört das wohl zum Spiel, denke ich und begreife auf einmal, warum es Liebesspiel heißt: Weil es genau das ist, ein Spiel der Liebe, unsere Lippen, Zungen, Hände und Finger spielen miteinander und vielleicht, vielleicht bin ich wirklich verliebt, nicht nur im Spiel, ja, das bin ich, ich bin verliebt, und er ist wunderbar zu mir, vollkommen unfassbar wunderbar, und ich bin genauso zu ihm, und als ich sein hartes Glied fühle, habe ich kein bisschen Angst, im Gegenteil, ich bin stolz, denn es ist richtig hart, viel härter als das letzte Mal und viel größer und das habe ich zustande gebracht, und ich will, dass dieses Spiel niemals endet, das hier ist Liebe, endlich weiß ich das und endlich wird jemand mich sehr, sehr liebhaben, und was für ein Glück, dass es ausgerechnet der ist, den ich liebe, und gerade, als ich das denke, kribbelt es da unten auf eine ganz unbekannte und überraschende Art und mein ganzer Körper lacht gleichsam vor Glück und auch ich kann nicht aufhören, zu lachen, Hoppla, sagt Håkan, was ist denn da passiert, und dann lacht er auch und wir küssen einander erneut, lachen und küssen, küssen und lachen, und ich denke *so glücklich war ich noch nie, und jetzt, jetzt fängt das Leben an*, als die Tür gewaltsam aufgerissen wird und Direktor Rydell da steht, hochrot im Gesicht, betrunken und rasend.

Er schrie mich an, dass ich seinen Sohn in Ruhe lassen, meine Klamotten nehmen und augenblicklich abhauen sollte. Das tat ich auch. Du verdammtes deutsches Luder, schrie er mir nach, als ich die Treppe hinunterstolperte, bevor er die Wohnungstür mit einem Knall hinter mir zuschlug. Die Tür zu seinem Wohnsitz.

Tee wurde in der Südpromenade weder an diesem noch an einem späteren Abend getrunken.

In den Fluren des Gymnasiums gehe ich Håkan Rydell aus dem Weg und drehe mich weg, wenn er meinen Blick sucht. Ziemlich bald fängt auch er an, mich zu meiden und ein paar Monate später macht er das Abitur und verschwindet aus der Stadt.

Das war sie nun also, die Liebe?

Is that all there is to love?

Ich sitze in der Straßenbahn und kämpfe gegen die Tränen.

Doch ich kann ihnen erst nachher freien Lauf lassen, ich muss das Schlimmste aus mir herausheulen, wenn ich von der Haltestelle nach Hause laufe, was normalerweise drei Minuten dauert, das wird nicht reichen, und heute Nacht werde ich noch schneller laufen, weil es so furchtbar kalt ist, ich muss also in den Keller gehen und im Trockenraum weiterheulen. Im Schutzraum wird mich niemand weinen hören. Es ist unheimlich dort, aber was spielt das schon für eine Rolle, wenn das ganze Leben unheimlich ist. Und Håkan Rydells Mama, was ist eigentlich mit ihr passiert, wo ist sie? Kein Wunder, dass sie ausgezogen war, bei so einem Schwein von Mann. Oder vielleicht hatte Rydell auch sie hinausgejagt und verdammtes Luder geschrien, bevor er die Tür zuknallte.

Aber verdammtes *deutsches* Luder, warum hatte er das gebrüllt? Ich bin keine Deutsche, ich bin Schwedin. Ich bin zwar die Tochter einer Deutschen, deren Chef Rydell einmal war, aber woher konnte er wissen, dass es ihre Tochter war, die mit seinem Sohn schlief? Wobei, mit ihm geschlafen habe ich ja gar nicht, ich lag neben ihm. Aber daran will ich nicht mehr denken, ich will nie mehr daran denken, nie, nie, nie. An Frau Rydell muss ich allerdings denken, diese Mama, wie konnte sie ihren Sohn verlassen, falls sie das wirklich getan hat, er ist doch trotz allem ihr Kind? Obwohl er erwachsen ist.

Ja, er hatte viel erwachsener gewirkt als ich, obwohl er nur ein Jahr älter war. So erfahren und so, als ob er schon genau wusste, was er mit seinen Händen und seinen Fingern tun musste, damit *das da* passierte, dieses Wunderbare, das sich jetzt kein bisschen wunderbar mehr anfühlt, ich schäme mich, wenn ich daran denke, wie konnte ich mich ihm so … nackt zeigen, obwohl wir doch beide alles außer unseren Mänteln anbehalten hatten. *Trägt das Fräulein seine Oberbekleidung unter dem Kostüm?* Der verfluchte Mephisto, was hat der jetzt hier zu suchen? Ja, ich schäme mich, und warum habe ich inmitten des Ganzen angefangen, so albern glücklich zu lachen? Aber Håkan hat doch auch gelacht, und da habe ich ihn geliebt, das habe ich wirklich, ich habe ihn geliebt, jedenfalls glaube ich das, aber das war jetzt vorbei, und wie kann er nur mit diesem Ekel von Vater zusammenleben? Und wie konnte er so feige sein und einfach nur dastehen und glotzen und nichts tun, um mich zu verteidigen? Er hätte mir ja wohl nachlaufen können! Mich trösten können. Mich in seine Arme nehmen.

Ich will ihn nie wiedersehen.

Jetzt habe ich nur noch zwei Haltestellen, um mir die Lüge auszudenken, die ich bald zu Hause erzählen muss, und das fühlt sich scheußlich an und ich verabscheue mich dafür. Werden sie kerzengerade am Küchentisch sitzen, um mich auszuschimpfen oder werden sie krank vor Sorge sein? Mama ist sicherlich genau das, krank vor Sorge, während

Papa zutiefst enttäuscht ist, weil ich sein Vertrauen missbraucht habe. Ich fühle mich miserabel, elendig, falsch. Und fürchterlich, fürchterlich einsam in der leeren Straßenbahn, die an einer Haltestelle nach der anderen vorbeirasselt. *Mutterseelenallein.* Genau das bin ich, denke ich. Es kam nur sehr selten vor, dass ich Mama Deutsch sprechen hörte und nur ein einziges Mal habe ich sie weinen sehen. Daran erinnere ich mich, obwohl ich noch klein war. Als sie sah, dass mir das Angst machte, sagte sie, dass sie nur ein bisschen traurig war, weil sie keine Mama mehr hatte und dann sagte sie dieses Wort, *mutterseelenallein*, aber das kaufte ich ihr nicht ab, so gemein, wie ihre Mama war. Ich glaube, dass sie traurig war, weil Papa so oft weg war. An diesem Morgen war ein Brief von ihm gekommen. Grüße von Papa, sagte Mama. Er hat viele Bilder verkauft. Und jetzt bleibt er noch eine Woche in der Pension, um die Gäste zu porträtieren.

Jetzt sind wir an der Haltestelle Vägträffen und völlig unerwartet bremst die Straßenbahn ab, der Fahrer hält an und lässt jemanden einsteigen. Und zwar den allerletzten Menschen, dem ich jetzt begegnen will. Lilian Fogde! Sie hat glänzende Augen, zerwühlte Haare und rosige Wangen – sie dampft förmlich – und selbst ich begreife sofort, dass sie fremdgegangen ist, obwohl ich so kindlich bin. Und jetzt fährt sie nach Hause zu Onkel Börje – und zu diesem seltsamen heimlichen Kind. Oder habe ich das nur geträumt?

Es gibt kein Entrinnen. Das gibt es bei Lilian Fogde nie.

Sie kommt auf mich zu, sie strahlt und breitet ihre Arme aus. Wie immer ist das alles zu viel, *échauffée*, denke ich, *elle est échauffée.*

Ah, Desirée, quelle surprise! ruft sie entzückt und setzt sich auf den Sitz neben mich – nein, *nimmt ihren Platz ein.*

Aber dann merkt sie scheinbar, dass etwas nicht stimmt, denn sie macht einen Schmollmund und runzelt die Stirn, dass die dicke Puderschicht beinahe Risse bekommt.

Mais ma petite, ma chère, qu´est ce qu´il y a? Racontes moi, racontes Lilianne!

Erzählen, erzählen, Herrgott, was soll ich denn erzählen? Dass auch ich ein erotisches Abenteuer erlebt habe, denn man kann wohl trotz allem sagen, dass das, was geschah, bevor dieses Schwein die Tür aufriss und all das Schöne zerstörte, eines war?

Ich murmle zur Antwort, dass ich nichts zu erzählen habe und versuche mich wegzudrehen, damit Lilian mein verweintes, rotes und geschwollenes Gesicht nicht sieht. Aber es bringt nichts, Lilian Fogdes Habichtaugen entgeht nichts. Wenn sie mich jetzt nur nicht anfasst, denke ich, wenn sie das tut, breche ich zusammen. Im selben Augenblick streicht Lilian mir über die Wange und ich breche zusammen.

Es tut so gut.

Und das Beste ist, dass ich nichts zu sagen brauche.

Sie stellt keine Fragen, sie lässt mich einfach weinen. Und als die Straßenbahn an unserer Haltestelle hält und sie fragt, ob ich nicht auf eine Tasse Tee hereinkommen will, verspüre ich den unmittelbaren Impuls, ja zu sagen. Ich will Trost und Verständnis und eine Galgenfrist, denn noch ist mir keine gute Lüge eingefallen. Onkel Börje will ich allerdings unter gar keinen Umständen treffen. Doch Lilian, die sofort zu begreifen scheint, wo der Schuh drückt, erklärt rasch, dass Onkel Börje auf Geschäftsreise ist, was immer das heißen soll. Auf jeden Fall heißt es, dass er nicht zu Hause ist, also nehme ich das Angebot an, und nach einem kurzen und raschen Spaziergang durch die mondhelle und kalte, weißblaue Nacht – wäre nicht alles so traurig, wäre es die reinste Weihnachtskarte – sitzen wir auf dem Sofa der Eheleute Fogde und wärmen uns mit einer Tasse Tee. Im Gegensatz zum Tee in der Südpromenade, der nie getrunken wurde, enthält dieses Getränk einen ordentlichen Schuss Rum, den Lilian hineingeschüttet hat, denn das ist gut für unsere armen Nerven, wie sie mit einem kurzen Lachen erklärt. Bedeutet das, dass auch Lilian unglücklich ist?

Es ist mein erster Besuch in Fogdes Wohnung.

Früher, als ich Lilian an der Mädchenschule in Französisch hatte, war es vorgekommen, dass ich in ihrer Tür stand, manchmal auch im Flur, um eine Hausaufgabe abzugeben oder ein Buch auszuleihen, aber jetzt sitzen wir nebeneinander auf dem Sofa, fast wie zwei Freundinnen. Zwischen uns sitzt ein kleiner, schmutzgrauer Teddybär, den Lilian Bebé nennt und der eine kleine gestreifte Latzhose und eine gepunktete Fliege um den Hals trägt. Lilian schüttet einen weiteren großzügigen Schuss Rum in ihre Teetasse und danach fängt sie an, eine dieser lustigen Geschichten zu erzählen, die nicht im Mindesten lustig sind, und fängt bei der Pointe, die ich nicht verstehe und die eine Art schlüpfrigen Beiklang hat, selbst hysterisch an zu lachen, aber bald wird aus dem Lachen ein ebenso hysterisches

Weinen, und jetzt ist es eigentlich Lilian, die Trost braucht. Aber ich kann nicht. Obwohl ich einen Abgrund an Verzweiflung heraushöre, kann ich mich nicht dazu überwinden, ich weiß nicht, wie ich mich verhalten soll und werde nur noch trauriger, noch bedrückter und empfinde fast schon Abscheu, als ich meine alte Lehrerin so sehe: vornübergebeugt, mit dem Kopf in den Händen und dem zerzausten schwarzen Haar, das hier und da von grauen Strähnen durchzogen ist und wild in alle Richtungen absteht, wie sie sich vor- und zurückwiegt. Das Weinen geht schließlich in ein Schluchzen über, gefolgt von einem erbärmlichen Wimmern, wie von einem sterbenden Tier. Ich fühle mich vollkommen hilflos und als ich trotz allem den Drang fühle, meiner armen, unglücklichen Lehrerin tröstend über den Rücken zu streichen, wage ich nicht, ihm nachzugeben, sondern setze mir stattdessen den Teddy auf den Schoß und fange an, ihn zu streicheln. Ich schaue mich peinlich berührt im Zimmer um, ohne es eigentlich zu sehen, aber eines sehe ich, als ich zufällig einen Blick auf das Zimmer nebenan erhasche, das Schlafzimmer, wo außer dem Ehebett ein hellblaues Puppenbett und eine kleine, weiße Kommode stehen, auf der ein ordentlich zusammengefalteter Stapel Puppenkleider liegt.

Ich muss jetzt gehen, denke ich.

Gleichzeitig dreht sich ein Schlüssel im Schlüsselloch.

Innerhalb weniger Sekunden sitzt Lilian kerzengerade auf dem Sofa, sie hat sich geschnäuzt, ihre Haare ebenso geordnet wie ihre Gesichtszüge und sogar ein kleines Lächeln zustande gebracht. Onkel Börje ist offenbar dabei, von seiner Geschäftsreise zurückzukehren und Lilians Bemühungen, so zu tun, als sei nichts passiert, übertreffen meine kühnsten Erwartungen. Alles wirkt fast normal, zumindest, wenn man Lilian-Fogde-Maßstäbe zugrunde legt. Sie reißt Bebé an sich, presst den Teddybären fest an ihre Brust und brabbelt mit einer piepsigen Kinderstimme im Falsett in Richtung Flur:

Hallöchen kleiner Papi, willkommen zu Hause! Mami und ich hatten solche Sehnsucht nach dir!

Draußen im Flur rumort und poltert es, Schnee wird von Schuhen geklopft, die Schuhe ausgezogen, eine Jacke aufgehängt, es hustet und schnieft. Onkel Börje sagt, dass auch Papi große Sehnsucht nach Mami und seinem Bebé hatte. Und er hat eine Überraschung mitgebracht, da werdet ihr Augen machen!

Dann ist Papiergeraschel zu hören, es rumort und poltert noch etwas mehr, bevor Onkel Börje sich geräuschvoll räuspert und im nächsten Augenblick linst ein Puppenbaby mit starrem Lächeln im rosa Strampelanzug hinter dem Türrahmen hervor und Onkel Börje plappert ebenfalls im Falsett zurück:

Hallöchen, hallöchen, kleiner Bebé. Ich heiße Fifi und bin deine neue kleine Schwester.

Und in der nächsten Sekunde steht Onkel Börje selbst in der Tür.

Er sieht uns auf dem Sofa, dicht nebeneinander, wie zwei Freundinnen. Was ich sehe, ist ein Gespenst. Onkel Börje ist weiß wie die Wand, er sieht aus, als sei er einem Gruselfilm entstiegen, sein leerer Blick trifft meinen, und ich halte die Luft an. Lilian piepst glückselig *oh Danke, Danke, kleiner Papi* und dann springt sie, Bebé immer noch fest an sich gepresst, vom Sofa auf und stürzt sich ihm freudestrahlend entgegen. Onkel Börje steigt zurück in den Film, der sich ab diesem Moment in Zeitlupe abspielt, unendlich langsam öffnet er die Hand, die die Puppe hält und Fifi fällt sachte zu Boden, sachte, sachte mit ihrem ewigen Lächeln; ebenso verzögert lässt Lilian den Teddy los, und daraufhin gleitet auch Bebé still nach unten, während Onkel Börjes Gesicht zu einer wütenden, wahnsinnigen Grimasse erstarrt, der Mund weitet sich zu einem klaffenden, schwarzen Loch, langsam hebt er seinen rechten Arm, senkt ihn, bewegt ihn nach hinten, nimmt Anlauf, bewegt ihn nach vorne, und als seine Hand Lilians Gesicht trifft, schwankt sie, während sich ihre linke Wange rot färbt wie eine Rose, aber er hört nicht auf, wieder und wieder trifft die Hand die Wange, zwischen den Schlägen wankt Lilian wie ein Schilfrohr im Wind, bis sie schließlich mit aufgesperrtem Mund – wie auf einem Gemälde von Edvard Munch – genauso still wie der Teddy und die Puppe sachte zu Boden sinkt.

Wie ich da rauskomme, weiß ich nicht mehr.

Eine Etage weiter oben, also zu Hause, ist alles dunkel und still, und am nächsten Tag stellt niemand eine Frage. Ich muss nicht lügen. Schön, aber irgendwie auch nicht. Alles ist so wie immer.

Doch zwei Wochen später ziehen Fogdes aus und Fräulein Wass zieht ein, eine dicke und fröhliche Dame, die bei der Post arbeitet.

E in Jahr später bin ich fertig mit Norrköping. Für immer. Das Abitur habe ich abgelegt – nicht direkt mit Spitzennoten, aber immerhin muss ich das Schulgebäude nicht durch den Hintereingang verlassen – und nun kann das eigentliche Stationendrama beginnen. Dafür bedarf es kräftiger Beine, trittsicherer Schritte und fester Schuhe. Und all das habe ich. Es ist schwer zu glauben, dass meine Füße mich irgendwann einmal im Stich gelassen haben. Im Inneren bin ich unsicher, nach außen wirke ich aber stabil, und das ist gut, *denn das Theater ist eine harte Branche, eine harte Branche, eine harte Branche*.

Inzwischen ist nicht mehr die Rede von Rollen für erfahrene Statisten, nein, jetzt bin ich auf dem Weg zu den größeren Rollen. Ich träume von Nina in der *Möwe*, Eleonora in *Ostern* und Dorine in *Tartuffe*. Mit diesem Part bewerbe ich mich an der Theaterhochschule in Stockholm und werde beim ersten Versuch angenommen.

Alles ist so seltsam leicht, dass ich beinahe Angst bekomme. Beim Vorsprechen bin ich nicht einmal sonderlich nervös, noch nicht einmal, als ich erfahre, dass Ingmar Bergman in höchst eigener Person in der Annahmejury sitzt. Aha, ach so, Ingmar Bergman, sollte mir das Angst machen? Mir, die bereits Doktor Melinders bösartiger Zunge ausgesetzt war, von August Strindbergs unberechenbaren Mächten gar nicht zu reden. Sowie einem Haufen schmieriger Kerle in Paris, sowohl in der Metro als auch in einer heruntergekommenen Pension. Nein, vor älteren Männern habe ich keine Angst. Es ist etwas anderes, etwas in meinem Inneren, das mir Sorge bereitet. Oder eher der *Mangel* an etwas, da ist etwas, das fehlt. Das Leben plätschert quasi vor sich hin und ich fasse nirgends so richtig Fuß. Offenbar bin ich wenigstens witzig, man lacht über meine Scherze, und ich passe gut auf Partys, aber inmitten von alledem bin ich noch so kindlich und fühle mich außen vor und verloren. Am liebsten würde ich immer noch mit meinen Puppen spielen, wenigstens mit den Papierpuppen. Ich hörte von einem berühmten Regisseur, der in einem Interview gestand, dass er sich noch im Erwachsenenalter manchmal eine ruhige Ecke suchen und am Daumen lutschen musste, um den Druck etwas zu mildern. Darin erkenne ich mich wieder, obwohl ich mich natürlich lieber mit meinen Papierpuppen in einer Ecke verstecken würde.

Wenn Ingmar Bergman wüsste, was für ein Kind, was für eine einfältige Gans da vor ihm auf der Bühne steht, sich dabei zum Clown macht und sich für witzig hält, ausgerechnet er, der immer diese tiefgründigen Filme über den Tod und das Schweigen Gottes macht und … ja, genau, *davon* erst gar nicht zu sprechen! Nämlich über den Film *Das Schweigen*. Den habe ich in Paris gesehen, als ich mit Brian im Kino war. Ich freute mich, dass wir zusammen einen schwedischen Film mit französischen Untertiteln sehen konnten, aber stattdessen starb ich fast vor Scham bei der Szene im Kino, in der ein Liebespaar *es* in der hintersten Reihe macht. Was für ein Schock! Was sollte Brian denken, was sollte er von mir denken und was von den Schweden? Das erfuhr ich nie, weil wir so verlegen waren, dass wir danach kein Wort über den Film wechselten. Wir zogen es vor, über anderes zu sprechen, über das Porträt von mir, das beinahe fertig war, über die Fallstricke der französischen Grammatik und ob wir möglicherweise den bevorstehenden Nationalfeiertag zusammen verbringen könnten. Zwischen uns herrschten eine herzliche Freundschaft und hundert Prozent Keuschheit. Und über das, was in Brians Zimmer vorgefallen war, verloren wir auch nie wieder ein Wort. Ach, mein Brian, mein Brian Kennedy, warum hatte er aufgehört zu schreiben und warum, warum, warum hatte er mich bei dieser Gelegenheit nicht von meiner verdammten, verhassten Unschuld befreien können, damit das ein für alle Mal erledigt war! Jetzt werde ich in einem Monat zwanzig Jahre alt und fange im Herbst an der Theaterhochschule an, möge Gott verhüten, dass jemand weiß, wie es um mich steht! Aber was, wenn sie es doch wissen, man sieht es mir ja vielleicht von außen an – hier tritt eine Jungfrau auf! – und wenn es das war, was für Bergman und die anderen alten Säcke in der Jury den Anlass gab, mich anzunehmen? Und warum sind diese alten Säcke eigentlich überall?

Es ist Frühling, ein Hauch von Frühsommer liegt schon in der Luft, und große Ereignisse werfen ihre Schatten voraus.

Damit nicht genug, dass ich das Abitur gemacht habe, an der Theaterhochschule angenommen wurde und zwanzig geworden bin – nein, noch dazu wird Boel heiraten! Aus meiner Boel, Boel Jakobsson, der heiteren, fantastischen, verrückten Boel, mit der ich über zehn Jahre lang Geheimnisse geteilt habe und die mir von allen Menschen am meisten bedeutet, fast noch mehr als meine eigene Familie, soll nun auf einen Schlag Boel Norén werden.

Dabei gibt es vieles, was sich zwischen uns schon verändert hat, und vieles davon ist traurig, denn seit einer Weile teilen wir leider keine Geheimnisse mehr. Jetzt hat sie stattdessen Mats Norén. Er sieht gut aus, ekelhaft gut, studiert Jura in Uppsala, und ich fühle mich traurig und verlassen. Aber das sage ich Boel natürlich nicht. Nun sind unsere nächtlichen Teezeremonien und der Austausch von Vertraulichkeiten und Träumen endgültig Geschichte. Mein eigener Traum ist dabei, sich zu verwirklichen, aber was ist mit Boels? Das hier kann ja wohl nicht im Ernst ihr Traum sein? Aus ihr wurde also keine Entdeckerin und einen Neger zum Heiraten hat sie auch nicht gefunden. Schade, denn Mats Norén ist sterbenslangweilig, gutaussehend, aber langweilig. Aber Boel zwitschert und ist fröhlich. Wegen dieser Schlaftablette! Das ist unbegreiflich und sogar quälend zu sehen. Manchmal kommt es mir vor, als hätte sie tatsächlich eine Expedition in ein fernes Land unternommen. Und wäre mit diesem Paradiesvogel, der sich plustert, brüstet und aufspielt, zurückgekehrt. Ist sie für immer verloren, meine fantastische und treue Boel, mit der ich über Gott und die Welt reden konnte?

Oder nein, doch nicht über alles. Das mit Brian und der Jungfräulichkeit fühlte sich zu schwer an, um es in Worte zu fassen.

Fest steht jedenfalls, dass Boel keine Jungfrau mehr ist.

Sie erwartet bereits ein Kind, muss also mit anderen

Worten heiraten. Das Baby kommt zu Weihnachten, deshalb eilt es jetzt so mit der Hochzeit, wenn man es nicht sehen soll. Und das soll man nicht. Boels Vater ist Geistlicher. Er ist Pfarrer der Gemeinde in Borg, in deren Kirche am Mittsommerabend die Trauung von Papa Sture selbst vorgenommen werden soll. Alles, damit seine Tochter ordnungsgemäß unter die Haube kommt.

Und nun ist mir die Ehre zuteilgeworden, bei der Hochzeit als Brautjungfer zu fungieren.

Aufgabe der Brautjungfer ist es, die Braut während der Trauzeremonie zu unterstützen und beispielsweise Taschentücher bereitzuhalten. Auch einen Brautführer gibt es, der entsprechend dem Bräutigam zur Seite stehen soll. Wenn schon nicht mit einem Taschentuch – keine Chance, dass dieser großspurige Typ anfängt zu heulen – dann wenigstens mit dem Trauring, wenn dieser Teil der Zeremonie erreicht ist. Der fragliche Brautführer heißt Rolf Stern und ist der beste Freund des Bräutigams. Am Tag vor der Hochzeit treffen wir vier uns mit Papa Sture zur Generalprobe – genau wie im Theater – und dabei fällt mir auf, dass Rolf Stern mir interessierte Blicke zuwirft. Das wirkt vielversprechend. Er sieht gut aus, ist dabei aber nicht so aufdringlich schön wie Mats Norén, sein Dialekt ist kaum hörbar und außerdem hat er einen gepflegten Bart. Der Bart erinnert mich daran, wie schön es war, als Håkan Rydell mich geküsst hat und ich ihn, aber – stopp! Jetzt ist es Rolf, auf dem mein Augenmerk liegt! Dieses Mal wird es klappen und ich habe mich bereits entschieden. Er darf, wenn er will. Und er will, das sehe ich in seinen Augen. Er hat sehr liebe Augen. Hellbraun sind sie, zwei freundliche Haselnüsse.

Also wende ich mich Rolf zu und erwidere seinen interessierten, freundlichen Blick mit einem Lächeln. Er ist liebenswürdig und nett und das auf eine außerordentlich schwedische Art. Obwohl sich lustigerweise herausstellt, dass auch er deutsche Wurzeln hat, genau wie ich. Wir haben also etwas gemeinsam, über das es sich während des Hochzeitsbanketts sofort ganz natürlich plaudern lässt, da bei dieser Gelegenheit Brautjungfer und -führer der Etikette entsprechend Tischnachbarn sind. Wir scherzen, spaßen, albern ein wenig auf Deutsch herum und können zusammen herzlich lachen. Es stellt sich heraus, dass seltsamerweise keiner von uns zu Hause Deutsch gesprochen hat. Ganz unkompliziert ist es nicht, Familien anzugehören, die eventuell braune Sympathien gehegt haben. Ich weiß darüber eigentlich nicht viel und es interessiert mich auch nicht sonderlich – schließlich ist der Krieg seit Langem vorbei, und Hitler, ist der nicht tot? Das eine oder andere Mal kam es vor, dass ich versuchte, mit Mama Deutsch zu sprechen, weil ich Deutsch am Gymnasium lernte, aber sie antwortete immer auf Schwedisch. Wie alt bist du, Mama? *Femtiotre.* Wie geht es dir, Mama? *Tack, bara bra.* Also verlor ich die Lust.

Doch während des Essens stellt sich heraus, dass Rolf jüdische Wurzeln hat. Er erzählt von seinen Eltern, davon, dass sie sich entschlossen, Deutschland zu verlassen, sobald Hitler an der Macht war. Sie hatten Glück, denn es dauerte nicht lange, bevor man keine Wahl mehr hatte.

Aber Rolf scheint zu merken, dass ich nicht über diese Dinge sprechen will, denn er wechselt das Thema und fragt, wie es sich anfühlt, auf dem besten Weg zu sein, eine berühmte Schauspielerin zu werden. Ich werde verlegen und da streichelt er mir über die Wange und ich kann fühlen, dass es *da unten* tatsächlich ein wenig kribbelt.

Nachdem wir ein paar Wochen miteinander gegangen sind, schlafen wir an einem Nachmittag Anfang August in meinem Mädchenzimmer miteinander, während Mama und Papa ihren üblichen Sonntagsspaziergang machen. Sie wollen die „Kunstrunde" drehen, also die drei Galerien Norrköpings abklappern, was inklusive des anschließenden Konditoreibesuchs normalerweise ebenso viele Stunden dauert. Das sollte reichen.

Mein Zimmer ist sehr klein und sehr eng, eine Vorratskammer, die Papa umgebaut hat. Es gibt also keinen Platz für ein richtiges Bett, sondern nur für eine schmale Pritsche, die von einem Wandschrank heruntergeklappt wird. Man braucht nicht viel Fantasie, um sich vorstellen zu können, dass ein solches Möbel nicht direkt für das geschaffen ist, was nun bevorsteht, deshalb schlägt Rolf vor, dass wir uns stattdessen in Mamas und Papas Ehebett legen, aber das kann er vergessen. Hat er sie noch alle? Was denkt er sich bloß? Schließlich soll es doch auch bluten!

All das spreche ich allerdings nicht laut aus, sondern klappe kurzerhand die Pritsche aus und eine Viertelstunde später ist alles vorbei.

Es blutete nicht, es tat nicht weh und zwei Wochen später ziehe ich nach Stockholm.

L ore hatte ihre unbesonnenen Worte sofort bereut.
Aber als sie um Verzeihung bitten wollte, war alles schon zu spät.

Wie in aller Welt hatte sie nur so dumm und unüberlegt, ja, sogar garstig sein können, als ihr Mädchen über das ganze Gesicht strahlend nach Hause kam und erzählte, dass sie jetzt einen Freund hatte, der Rolf Stern hieß. Und der hatte einen Vater, der Orthopäde war, und verhielt es sich nicht so, dass dieser Doktor, zu dem sie gingen, als sie noch klein war und mit ihren Füßen etwas nicht stimmte, ebenfalls Stern hieß? Glaubst du, dass er das sein kann? Das ist er, hatte Lore kurz geantwortet, aber noch etwas war ihr herausgerutscht: *Ein Glück, dass Oma nicht mehr lebt!* Da stand ihr Mädchen, strahlte und musste sich einen Kommentar anhören, der so idiotisch und einfältig war, dass Lore ihn nicht einmal selbst begriff. Eine nähere Erklärung war allerdings auch nicht nötig. Desirée war nicht auf den Mund gefallen und erwiderte ebenso scharf wie schlagfertig *Das sehe ich auch so!*

Und von einer Sekunde auf die andere herrschte Krieg zwischen ihnen. Zum allerersten Mal kam es zu einer lautstarken Konfrontation, die für beide Seiten erfrischend hätte sein können, wäre sie nicht so vollkommen schiefgelaufen und hätte sie nicht so verheerende Konsequenzen gehabt:

du sprichst von meiner Mutter

das ist mir scheißegal, ich konnte die alte Hexe nie ausstehen

wie kannst du nur so über deine eigene Großmutter reden

weil sie ein verdammter, elender alter Hausdrachen war und Sachen nach mir geworfen hat –

wenn du wüsstest, wie krank sie war, würdest du nicht so daherreden

da scheiße ich auch drauf, denn ich war ein Kind und habe es nicht begriffen

aber jetzt bist du kein Kind mehr, dann versuch, es jetzt zu begreifen

nee, soweit kommt's noch

dann kannst du vielleicht verstehen, wie es mir damals ging

ja, das kann ich mir vorstellen, mit dieser alten Nazihexe im Haus –

Da brannte die Ohrfeige!

Sie hatte die Hand gegen ihr eigenes Kind erhoben.

Sie wusste, dass es das erste und letzte Mal war.

Sie wusste auch, dass es nie mehr genug sein würde, einen blauen Rock zu nähen, Steckrübenpüree zu kochen oder einen Streuselkuchen zu backen.

Die Ohrfeige schmerzte, nicht nur in der Handfläche, sondern auch im Magen, im Herzen, in den Augen.

Sie schloss die Augen und flüsterte verzeih mir, verzeih mir mein geliebtes, kleines Mädchen, aber da war die Haustür schon zugeknallt.

Ohne die Augen zu öffnen, tastete sie sich ins Badezimmer, ging hinein und schloss die Tür ab, obwohl niemand zu

Hause war. In der Dunkelheit sank sie auf den Toilettende-ckel, pulte einen Hautfetzen von der Nagelhaut ihres Dau-mens, bekam ihn mit den Zähnen zu fassen und zog, bis sie das Blut im Mund schmeckte.

In Stockholm miete ich ein möbliertes Zimmer in der Råd-mansgata bei Hermine von Knigge.

Das Zimmer hat rosengemusterte Tapeten. Zur Einrichtung gehören außer einem durchgelegenen Bett zwei zerschlissene Ledersessel und ein so genannter Rauchtisch, obwohl es selbstverständlich verboten ist, zu rauchen. Neben der Tür steht ein Kleiderschrank mit verzogenen Türen und auf dem Schrank sitzen ein paar ausgestopfte Raubvögel auf ihren Stangen und starren mich an.

Die Vögel kommen oft in meinen Träumen vor, die sich gegen Morgen in Albträume verwandeln. Mitunter kommt es vor, dass ich von meinen eigenen Schreien erwache, vermutlich, weil der Hühnerhabicht seine Klauen in mich geschlagen hat.

An der Theaterhochschule habe ich zwar einige neue Kameraden gefunden und etliche finden mich schlagfertig und witzig, ich bringe sie zum Lachen und mache mich immer noch gut auf Partys, aber je mehr sie lachen, desto größer fühlt sich die Leere in mir an. Mir wird immer klarer, dass Stockholm nicht Paris ist. Die von Knigge und ihre Vögel machen mir Angst, ebenso wie die Rosentapete mit ihren Dornen.

Aber am schlimmsten ist, dass Boel nicht mehr bei mir ist, ich kann mir nicht vorstellen, wie ich je über sie hinwegkommen soll, falls ich das wirklich muss. Und dann das mit Mama. Ich bin immer noch wütend auf sie, aber ich vermisse sie auch so sehr, dass alles in mir schreit. Ich denke, dass ich meinen Stolz hinunterschlucken, meinen ganzen Mut zusammennehmen, zu Hause anrufen und um Verzeihung bitten sollte, denn das, was ich da über Großmutter von mir gegeben habe, war wirklich schlimm. Aber das erfordert, dass Mama sich zuerst bei mir entschuldigt, denn die Ohrfeige war schlimmer.

Im Übrigen kann ich gar nicht anrufen.

Die von Knigge hat die Wählscheibe des Telefons mit einem Vorhängeschloss gesichert.

Hermine von Knigge vermietet noch zwei weitere Zimmer.

In der Dienstmädchenkammer hinter der Küche wohnt Edith aus Borås, ein weiteres verirrtes Mädchen in der Großstadt. Sie lernt irgendeinen Beruf in der Gastronomie, Kaltmamsell, glaube ich, aber ich bekomme sie kaum zu sehen, vor allem, weil die Mädchenkammer am anderen Ende der unglaublich langen Wohnung liegt. In der Küche sehen wir uns auch nicht, denn dort haben wir keinen Zutritt, wir Mädchen der von Knigge. So nennt sie uns, „meine Mädchen", sagt sie, während ihre knallroten Lippen sich zu einem kalten Lächeln verziehen, zumindest, wenn sie in der Stimmung ist, die nette Vermieterin zu spielen.

Aber darauf sollte man nicht hereinfallen.

Im Zimmer nebenan wohnt Frau Farkas, eine Frau aus Ungarn, die starken Stimmungsschwankungen zwischen himmelhoch jauchzend und zu Tode betrübt unterworfen ist, *der*

Jahrhunderte Trauer, der Jahrhunderte Freude verkünden, damit bringt sie den Großteil ihrer Zeit zu. Mit 17 Jahren kam sie nach dem Krieg mit Folke Bernadottes Weißen Bussen nach Schweden. Nachts höre ich sie oft untröstlich weinen. Aber tagsüber lacht sie umso mehr, zum Beispiel, wenn wir in dem engen Korridor zusammenstoßen, und das passiert oft. Ich merke, dass sie mehr und mehr meine Nähe sucht, und eines Abends werde ich auf ein Glas ungarischen Wein in ihr Zimmer eingeladen. Egri Bikaver, echtes Stierblut! ruft Frau Frakas aufgedreht, lacht und füllt zwei große Weingläser bis zum Rand. „Jetzt trinken wir Brüderschaft, ich heiße Ilona, auf uns, auf die Mädchen der von Knigge!"

Sie prostet mir zu, nimmt in rascher Folge ein paar große Schlucke und wird sofort auf eine Weise emotional, die mich unangenehm berührt. Ich wehre mich gegen diese Gefühlsausbrüche, von einer Sekunde zur anderen von überschäumendem Glück zu den tiefsten Abgründen der Verzweiflung. Bald weiß ich das meiste über Ilona. Sie arbeitet in der Buchhaltung eines Malerbetriebs und ist unglücklich in ihren Chef verliebt. Der wiederum ist verheiratet und hat zwei Kinder. Sie nennt ihn ganz einfach Nordlund, und wenn sie von ihm spricht, was sie mehr oder weniger ohne Unterlass tut, weint und lacht sie abwechselnd und auf ihren Wangen breiten sich große, rote Flecken aus, ungefähr so wie bei Schwabbel, während sie sich durch den Sexualkundeunterricht in der Mädchenschule stotterte. Wenn Ilona nicht von Nordlund spricht, redet sie von ihrem toten Kind, Angela, der Frucht einer Begegnung mit einem jungen deutschen Soldaten auf der Flucht vor Hitlers Armee. Sie war damals selbst noch ein Kind, auch sie war auf der Flucht und wenn sie davon erzählt, weint sie ununterbrochen. Das Kind wurde im siebten Schwangerschaftsmonat in dem Weißen Bus auf dem Weg nach Schweden geboren, starb aber sofort nach der dramatischen Entbindung. Hätte Angela überlebt, wäre sie heute 20 Jahre alt, genau wie ich.

Deshalb denke ich, dass Ilona in mir vielleicht ihre tote Tochter sieht. Sie wurde während des ersten und letzten Geschlechtsverkehrs in ihrem Leben schwanger, sie ist erst 37, könnte im Prinzip aber dennoch meine Mutter sein. Ein merkwürdiger Gedanke. Wie Mutter und Schwester zugleich, das wäre vielleicht eine glückliche Kombination, die es leichter machen könnte, einander zu begegnen und zu verstehen. Aber ich weiß nicht so recht. Ich glaube, ich will nicht, dass Mama meine Schwester ist, ich will, dass sie meine Mama ist, aber auch das geht ja nicht.

In gewisser Weise ist es sehr einfach, Ilona kennen- und verstehen zu lernen, sie ist wie ein offenes Buch, anhänglich, naiv und gutherzig und ich mag sie wirklich sehr. Dennoch meide ich sie, wo ich kann, weil ich es nicht ertrage, von toten Kindern oder vom Krieg zu hören. Auch das ewige Geplapper von Nordlund halte ich nicht aus. Dem Vernehmen nach ist er ganz einfach ein Scheißkerl und nicht wert, Träume an ihn zu verschwenden oder Hoffnungen in ihn zu setzen.

Es ist schade um Ilona.

Und um mich auch.

Mutterseelenallein.

Was nützt es da, dass mein Traum praktisch schon dabei ist, in Erfüllung zu gehen, der Traum davon …

Der Jahrhunderte Trauer zu verkünden
Der Jahrhunderte Freude zu verkünden

Angela ruft mich und winkt mit ihren Flügeln, als sie auf dem Weg zu den anderen Engeln vorbeifliegt.

Es ist zu spät, versuche ich zurückzurufen, aber das geht nicht, denn mein Mund ist zugeklebt.

Und dabei wollte ich von der brennenden Sehnsucht erzählen
Von aufbrechenden Knospen
Von Worten, gesagten und ungesagten
Von Herzen, die sieden, aufkochen, überkochen

Ich will erzählen von dem traurigen Statisten,
der es nicht wagte, zu leben
Und auch von der Kaltmamsell Edith will ich erzählen
von ihrem Heimweh nach Borås
statt zum Messer griff sie zum Stift
es wurde ein Krimi daraus
Der Tod in Borås, übersetzt in acht Sprachen,
Borås war exotisch

Von ungeweinten Tränen, flüchtiger Berührung und dem, wo-
von man nicht sprechen darf

will ich auch berichten
Von Ilona und ihrem Engelkind
Und natürlich von Boel,
die eines Tages vor der Tür stand
ein Kind auf dem Arm, ein anderes an der Hand
und ein drittes auf dem Weg
Kann ich bei dir wohnen, bis das Schlimmste vorbei ist?
Komm herein, sagte ich, ich setze Teewasser auf.

All das will ich erzählen
Aber vom Krieg will ich nicht sprechen
Nicht von brutalen Morden und abgehäuteten Leichen
Nicht von grausamster Folter und dem reinen Bösen

Das reine Böse gibt es nicht
Es gibt auch keine reine Güte
Das Einzige, was es gibt, ist bodenlose Trauer und schwindel-
erregende Freude
und dazwischen ein Leben, das den Namen verdient.

Ihr Arschlöcher, lasst mich raus hier, damit ich nach Hause
kann und meine Rechnung schreiben!

A ber natürlich habe ich Rolf.
Aber habe ich das wirklich? Ich bin mir meiner Gefühle für ihn nicht sicher, sicher ist nur eins und das ist, dass ich ihn nicht liebe. Ich bin nicht einmal verliebt. Aber er ist der liebste und aufmerksamste Mann der Welt und da ich ohnehin niemand anders habe und außerdem dabei bin, mich zur Schauspielerin auszubilden, nutze ich die Gelegenheit, um meine Fertigkeiten an ihm zu üben. Ich spiele verliebt. Manchmal gelingt mir das ganz gut. Ich schäme mich zwar, finde aber, dass der Anstand das gebietet, da er nun die Freundlichkeit hatte, mich vom Joch der Jungfräulichkeit zu befreien. Mitunter bekomme ich Magenschmerzen von meinem falschen Spiel. Vor allem das eine Mal, als er mich fragte, ob es sich nicht so verhielt, dass ich nur mit ihm geschlafen hatte, weil ich nicht als Jungfrau an der Theaterhochschule anfangen wollte. Da sah er so traurig aus, dass ich feierlich schwor, dass er sich täuschte. Und noch schlimmere Magenschmerzen bekam.

Ich habe nicht unbedingt etwas dagegen, mit ihm zu schlafen und zumindest tut es nicht weh. Aber ich kann nicht aufhören, daran zu denken, wie es sich damals mit Håkan angefühlt hatte. Während einiger kurzer, ekstatischer Sekunden, bevor alles in tausend Stücke zerfiel.

Oder mit Brian.

Manchmal sterbe ich fast vor Sehnsucht nach Brian. Nach seinem roten Schopf und seinem breiten Lächeln.

Manchmal, wenn ich mit Rolf schlafe, denke ich an Brians Hand in seiner Jeans oder an Håkans Finger da unten und dann kann es passieren, dass ich komme. Dann ist Rolf glücklich und das fühlt sich gut an. Ich möchte ihn auf keinen Fall traurig machen.

Die Umstände seiner Besuche und des obligatorischen Geschlechtsverkehrs sind allerdings anstrengend. Wir können uns selbstverständlich nicht in meinem Zimmer treffen – „Kein Herrenbesuch auf dem Zimmer!" – und das möchte ich auch nicht, wenn die von Knigge im Flur herumschnüffelt. Daher sehen wir uns mit der Unannehmlichkeit konfrontiert, uns anderswo aufhalten zu müssen. Manchmal haben wir Glück und können das Studentenzimmer eines Kommilitonen nutzen, der übers Wochenende verreist ist. Aber meistens müssen wir in ein billiges Hotel gehen und das führt dazu, dass auch ich mich billig fühle.

Für Rolf ist es ein Rätsel, warum ich ihn an den Wochenenden nicht in Norrköping besuchen kann. Im Herbst hilft er als Geschichtslehrer an der Oberschule aus und hat das, was er „geordnete Verhältnisse" nennt. Aber geordnete Verhältnisse interessieren mich nicht, jedenfalls nicht so sehr, dass ich freiwillig nach Norrköping fahren würde, noch nicht einmal für ein Wochenende.

Aber an Weihnachten werde ich wohl müssen.

Herrgott, „müssen"?

Was, wenn ich von Rolf schwanger werde?

Niemand wird mich zwingen, ihn zu heiraten, aber ich will auf keinen Fall ein Kind. Nicht mit Rolf. Nicht mit irgendwem.

Kann man sich wirklich auf diese neuen, kleinen Pillen verlassen, die der eifrige Gynäkologe mir aufgeschwatzt hat?

Ich war doch vor Kurzem selbst noch ein Kind! Was bin ich denn eigentlich jetzt? Eine Frau?

Vermutlich ist es das, was ich darstellen soll, denn ich bin zwanzig Jahre alt, habe Brüste und menstruiere, aber ich fühle mich nicht im Mindesten weiblich.

Ich schminke mich nicht, ich interessiere mich nicht für Mode, ich mag es nicht, zu gefallen und meine Periode fühlt sich an wie eine Strafe. Auch wenn es das eine Mal, als sie ausblieb, natürlich noch schlimmer war.

Im Übrigen mag ich ihn nicht mehr. Doch, das tue ich wohl, ich mag ihn sogar sehr, aber ich ertrage ihn nicht. Er will, dass wir uns verloben. Das will ich nicht. Er will, dass wir nach Paris fahren und dort Neujahr feiern. Nie im Leben. Er will, dass ich seine Eltern kennenlerne. Nein danke, nicht noch eine Familie, es ist schon kompliziert genug mit meiner eigenen.

Recht oft geht mir durch den Kopf, was Mama sagte, als wir unseren großen Krach hatten, *ein Glück, dass Oma nicht mehr am Leben ist!* Mir ist nicht ganz klar, was sie damit eigentlich meinte, aber irgendwie musste es mit Rolfs jüdischer Abstammung zu tun haben. Ich habe Angst, von seinen Eltern unter die Lupe genommen zu werden, um dann aus unerfindlichen Gründen für den gesamten Zweiten Weltkrieg zur Rede gestellt zu werden. Als ob es meine Schuld wäre, das, was mit den Juden passiert ist. Ich kann mir im Leben nicht vorstellen, dass Mama und Papa auf Hitlers Seite waren, aber trotzdem, all das sind zu große und schwierige Fragen, also ist es am sichersten, alles, was Familie heißt, außen vor zu lassen.

Aber was soll ich eigentlich mit Rolf machen? Was soll ich nur tun? Denn, großer Gott, was bin ich ihn und seinen unterwürfigen Blick leid. Jedes Mal, wenn wir uns treffen, werde ich gereizter, nörgeliger und quengeliger, und als eines Tages ein Brief kommt, in dem er, scheinbar in vollem Ernst, schreibt, dass er *mein Gemecker vermisst*, ist das Maß voll. Es geht nicht mehr, ich muss es beenden. Also mache ich Schluss, feige genug per Brief, wünsche ihm alles Gute für sein Leben und verleihe der Hoffnung Ausdruck, dass er *eine Frau findet, die seiner würdig ist*. Gott, wie stillos, Gott, wie ich mich schäme. Ich fühle mich scheinheilig und armselig.

Es kommt keine Antwort.

Da stehe ich also nun.

Kein Freund, keine Mama, keine Boel.

Jetzt gibt es nur noch mich und die Raubvögel.

Bis ich eines Tages einen Entschluss fasse.

Und mir ein neues Mantra zulege – einen neuen Trostvers: *auch das gehört zum Leben, auch das gehört zum Leben, auch das gehört zum Leben.*

Von jetzt an werde ich alle Sorgen, Kümmernisse und anderen Albernheiten so gut es geht beiseiteschieben und mich ganz und gar auf meine Theaterstudien konzentrieren. Es kommt vor, dass das funktioniert und dann nutze ich die Gelegenheit, mich ganz und gar in meine Rollen zu versenken, ich lerne tanzen, singen, fechten und deutlich sprechen, ich gehe ins Nationaltheater und sehe Margaretha Krook und Georg Rydeberg und verliebe mich aus der Ferne in Sven-Bertil Taube und an Samstagen gehe ich manchmal auf die Partys, die im Studentenklub der Theaterhochschule stattfinden.

Die Last wird etwas leichter, als ich die anderen wieder zum Lachen bringe und für eine Weile geht es mir recht gut.

So gut, dass es vorkommt, dass ich mit einem meiner männlichen Kommilitonen ins Bett gehe. Das heißt, wenn es irgendwo ein Bett gibt, in das wir gehen können. Wenn es keines gibt, findet sich auch ein Weg, im Garderobenraum etwa, einmal im Treppenhaus, was sehr erregend war oder warum nicht im Park, sofern Wetter und Jahreszeit das zulassen. Bettgenossin sein, ja, warum eigentlich nicht, vor allem jetzt, wo es diese praktischen kleinen Pillen gibt.

Ich möchte sowohl mit Männern befreundet sein als auch mit der Zeit gehen.

Seit einiger Zeit finde ich große Typen heiß und während einer Premierenfeier im Nationaltheater schleppe ich den Hauptdarsteller des Stücks, 1,96 Meter, ab und gehe mit ihm nach Hause. Er wohnt in einer kleinen WG in der Drottninggata, im sogenannten *Blauen Turm*, der im Übrigen die letzte Wohnstätte August Strindbergs war. Strindberg ist mein Schicksal, denke ich und fühle mich geschmeichelt, dass sich der Große – und Berühmte – für mich, die kleine Theaterstudentin, interessiert.

Am Anfang läuft es richtig gut.

Schon während der Party fangen wir an, uns zu küssen

und zu liebkosen, das Vorspiel fängt im Taxi an, setzt sich im Fahrstuhl fort und mündet in intensiven Sex, eine ganze Nacht lang, während der ich – selbstverständlich unter einfühlsamer Führung des erfahrenen Kavaliers – zudem mehrere Tabus überwinde. Ich versuche mir einzureden, dass es sich dieses Mal wohl nicht nur um freundschaftlichen Sex handelt, etwas Größeres muss im Gang sein, da wir im Bett so ungewöhnlich gut harmonieren. Genauer gesagt, auf der Matratze. Die Hälfte der Bodenfläche des Zimmers ist von einer enormen Matratze bedeckt, auf der wir uns stundenlang in mitunter recht anspruchsvollen erotischen Verrenkungen tummeln, aber im Großen und Ganzen fühlt sich das alles neu, spannend und oft auch schön an, mitunter wahnsinnig schön, aber weiß Gott nicht die ganze Zeit, manchmal tut es weh, aber dann denke ich, dass es hier gilt, alles zu geben, denn dass 1,96 es gewohnt ist, dass er haben kann, wen er will, wann er will und wie er will, habe ich begriffen, und jetzt bin ich furchtbar müde und sehne mich nur noch danach, wenigstens für eine kleine Weile schlafen zu dürfen.

Aber als ich gerade dabei bin, wegzudämmern, sagt er, nachdem er zum dritten Mal gekommen ist, oder vielleicht war es auch das vierte Mal – jedenfalls hatte er mich sehr lieb, und das sehr viele Male – dass ich so verdammt wunderbar bin und so unglaublich gut vögle, dass er es nur fair findet, wenn er meine Gaben teilt und deshalb würde er jetzt gern seinen besten Freund und Mitbewohner Palle auf eine Runde mit mir einladen, okay?

Oder vielleicht sagte er auch Mitbenutzer.

Nach dieser Nacht schlafe ich über ein Jahr lang mit gar niemandem mehr.

Von jetzt an hüte ich mich, betrunken zu werden und die Kontrolle zu verlieren. Am schwierigsten ist es, mich von I-lona fernzuhalten, die merkt, dass ich traurig bin, und mich mit ihrem Stierblut trösten will.

Ich habe aufgehört, auf Partys zu gehen. Niemand lacht mehr über mich. Vorstellungen im Nationaltheater besuche ich ebenfalls nicht mehr, jedenfalls nicht, wenn 1,96 mitwirkt.

Ich fühle mich fast schon asexuell und manchmal denke ich, dass ich vielleicht lesbisch bin, hoffe es beinahe. Ich glaube, dass die von Knigge lesbisch ist. Eines Tages, als ich von der Theaterhochschule heimkomme, steht sie nur mit einer dunkelroten Korallenhalskette bekleidet und ansonsten splitterfasernackt in dem engen Korridor, der zu meinem Zimmer führt. Sie breitet lächelnd die Arme aus und ruft:

„Schauen Sie nur, Fräulein Pihl!" Um Himmels willen, was soll ich mir denn anschauen? Mein Mund wird trocken und ich werde ganz zittrig und habe keine Ahnung, wie ich an ihr vorbeikommen soll. Erst da sehe ich, dass sie in der rechten Hand ein Blatt Papier hält und damit wedelt. „Schauen Sie, Neuigkeiten von Gunilla!", zwitschert sie. Die Knigge hat sich Sorgen um ihre Tochter gemacht, die irgendwo in Afrika für das Rote Kreuz arbeitet, in Nigeria, glaube ich. Dort gibt es scheinbar schwere Unruhen, und nun hat sie schon seit Wochen nichts mehr von ihrer Tochter gehört, aber jetzt ist der Brief augenscheinlich eingetroffen. „Wie schön", bringe ich etwas unbeholfen hervor und versuche, mich an ihr vorbeizuschieben, ohne mit ihrem nackten Körper in Kontakt zu kommen. Doch die von Knigge macht keinen Annäherungsversuch, weder jetzt noch später, ich bin mir also nicht sicher. Seltsam war es auf jeden Fall. So vieles ist seltsam, aber *auch das gehört zum Leben, auch das gehört zum Leben, auch das gehört zum Leben.*

Ich sollte mich politisch engagieren. Aber man sollte viel, 68 kommt und geht, und ich schaffe es nie, auf diesen Zug aufzuspringen. Oder besser gesagt, ich lasse ihn abfahren. Viele meiner Kommilitonen sind so verbissen geworden. Anna Persdotter zum Beispiel, von der ich mir eine Zeit lang einbildete, ich sei dabei, mich in sie zu verlieben. Und das scheint auf Gegenseitigkeit zu beruhen. Als sie mich eines Abends in ihr Studentenzimmer am Körsbärsväg einlädt, kribbelt es in meinem Bauch und ich rechne damit, dass etwas passieren wird. Doch schnell zeigt sich, dass ich lediglich Zielscheibe eines politischen Anwerbungsversuchs bin. Das Studentenwohnheim plant ein Revolutionstreffen und Anna sagt, dass sie mich gern beim „Kampf" dabeihaben will. Ich antworte, dass ich mich im Moment nicht stark genug fühle, um zu kämpfen. Anna kontert mit einem gezischten „Spießergör", und das war`s. Sie hat recht. Ich bin ein Spießergör.

Ein lesbisches Verhältnis ist ohnehin nicht mehr aktuell.

Ilona will an und für sich gern kuscheln, aber das hat nichts mit Erotik zu tun. Manchmal, wenn ich in ihrem Zimmer bin und aus Versehen etwas zu viel Stierblut erwischt habe, kommt es vor, dass sich der ganze Raum so unerbittlich dreht, dass ich meinen Kopf in ihren Schoß legen muss. Dann sieht sie mich mit ihren traurigen braunen Augen an und streicht mir still übers Haar. Das ist schön und beruhigend und es geht dabei keine Sekunde lang um Sex, weder für sie noch für mich.

Es geht darum, dass Ilona ein Kind braucht und ich eine Mama brauche.

Es wird Zeit, die Raubvögel und die Rosentapete hinter mir zu lassen.

Ilona weint, als sie sieht, wie ich meine Habseligkeiten zusammenpacke. Ich sage, dass sie kommen und mich besuchen wird, wenn ich erst in Helsingborg eingerichtet bin, wo ich mein erstes Engagement am Stadttheater erhalten habe.

Aber wir sehen uns nie wieder.

Eines Tages, kurz vor Weihnachten, liegt ein Brief in meinem Fach im Theater. Er ist von Edith aus der Mädchenkammer, die schreibt, dass man Ilona eines Abends tot vor der Tür in der Rådmansgata gefunden hat. Ihr Herz hatte versagt.

Ich hätte mir ein Kind gewünscht.
Aber jetzt ist es zu spät.

Es ist zu schnell gegangen, alles ist zu schnell gegangen,
Kind sein, jung sein, alt sein, und dann tot sein …
… aber Moment … da fehlt noch ein Sein,
das zwischen jung sein und alt sein, wie nennt man das,
wo ist es geblieben, und was ist sein Sinn?

Ich hätte mir gewünscht, eine kleine, knubbelige Hand in meiner zu halten.
Da hätte ich zum Wegesrand gezeigt und gesagt
schau, da wächst Huflattich!
Dann hätte mein Kind ein Kind haben können
das mich an die Hand nimmt
und zum Wegesrand zeigt und sagt
schau, Großmutter, da wächst Huflattich!

Werde ich Mama jetzt auf der anderen Seite treffen?
Will ich Mama auf der anderen Seite treffen?
Es gibt keine andere Seite,
ich will nicht, dass es eine andere Seite gibt,
es ist diese Seite, auf der ich sein will.
Das hier ist meine Seite, ich will das Hier und Jetzt zurück,
lasst mich raus.

Großer Gott, lasst mich raus hier, zum Donnerwetter!

Und Gott erhört Gebete.
Nicht nur das.
Er hört auch Flüche.
Und schickt einen seiner Engel.
Der Engel flüstert in mein Ohr und bittet mich, behutsam vorzugehen.
Der, der vergessen hat, dass du lebst, flüstert der Engel, ist ein schwer geprüfter Mann,
sowohl vom Leben als auch vom Tod.

Versprich mir, dass du nett zu ihm sein wirst, wenn er kommt, um dich herauszulassen.
Ich verspreche es.

D a draußen im wahren Leben, wo ein Filmdreh vor sich geht, gibt es niemanden, der meinen Blick erwidert, geschweige denn, um Entschuldigung bittet. Niemand erwähnt das, was passiert ist, mit einem einzigen Wort. Ich sage, dass ich mit der Produzentin sprechen will, aber sie ist schon zurück nach Stockholm geflogen.

Ich will Rache!
Aber ich lasse die Rache auf sich beruhen.
Ich will es hinter mich bringen,
ich will nach Hause fahren
und lasse mich wieder am Stuhl festbinden …

RUHE ACHTUNG AUFNAHME

… um losgebunden
auf die Bahre gelegt
in das Leichentuch gewickelt
in den Sack gestopft zu werden,
zu hören, wie der Reißverschluss zugezogen wird,
hochgehoben und hinausgetragen zu werden
und dieses Mal

DANKE

wird rechtzeitig abgebrochen

E ines Tages bekam ich ein Kind.
Doch das Kind war schon alt.

Wir sitzen in der geriatrischen Abteilung, mein Kind und ich.

Schlüssel, Zahnbürste, Lampe, sagt Doktor Hansen.

Schlüssel …? Mama sieht mich bittend an.

Wie heißt das Land, in dem Sie leben? fragt der Doktor.

Schweden, wissen Sie das nicht? Aber als ich klein war, habe ich in Deutschland gewohnt.

Spannend! Wissen Sie, welcher Monat jetzt ist?

Mama sieht weg und aus dem Fenster, vor dem ein Kastanienbaum blüht.

Weihnachten, sagt sie.

Wieder zu Hause, trinken wir Kaffee in der Küche und essen Zimtschnecken aus dem Supermarkt.

Ich sage, dass selbst Gebackenes viel besser schmeckt und frage Mama, ob sie mir ihr Streuselkuchenrezept geben kann. Ihre Augen leuchten auf, und schnell und eifrig wie ein kleines Mädchen rennt sie nach Papier und Stift und schreibt fein säuberlich:

Streuselkuchen
500g Weizenmehl
100 g Zucker
300 ml Milch
1 Hefewürfel
1 Prise Salz

Sie macht eine Pause, sieht von ihrem Papier auf und zwinkert mir schelmisch zu.

„Denk dran, dass man alles mit einer Prise Salz nehmen muss!", sagt sie und fährt fort:

Streusel
400 g Weizenmehl
250 g Zucker
25 g Butter

Sie liest durch, was sie geschrieben hat, und mit einem triumphierenden Nicken setzt sie einen Punkt dahinter.

Jetzt trinken wir noch eine Tasse, sagt sie. Danach muss ich anfangen, das Abendessen zu machen, Papa kommt bald, und wenn er heimkommt, hat er Hunger wie ein Wolf.

Aber Papa ist seit 13 Jahren tot.

Am Abend, bevor ich mich in meinem alten Mädchenzimmer schlafen lege, in dem noch immer der Bettschrank steht, beziehe ich Mamas Bett frisch.

Zwischen den Laken im Wäscheschrank finde ich ein abgenutztes Notizbuch. Auf dem Umschlag steht

Aber sie hat Pihl durchgestrichen und Schulze dahinter geschrieben.

Ich bleibe mit dem Buch in der Hand stehen, ohne es zu öffnen.

Ihre Heimat ist nirgendwo.

Schließlich lege ich es zurück zwischen die Laken im Schrank.

Nicht jetzt, denke ich. Später. Ich lese es später. Wenn sie nicht mehr da ist.

Aber da war auch das Buch nicht mehr da.

Epilog.
Einige Jahre später.

Mit meinem Morgenkaffee in der Hand bin ich auf dem Weg zum Balkon.

Anders hat etwas zu erledigen, eine Beerdigung um elf. Der Frühling ist bereits dabei, langsam in den Sommer überzugehen, und wenn er zurück ist, wollen wir eine Radtour durch den Wald zum Lillsjö machen, um das erste Mal in diesem Jahr zu baden. Amanda, die übers Wochenende da ist, will auch mitkommen, mit dem neuen Rad, das wir ihr zum Geburtstag geschenkt haben. Im Moment schläft sie noch, obwohl es schon fast zehn ist. „Du bist eine richtige Schlafmütze", sagte ich beim letzten Mal, als sie bei uns übernachtete, zu ihr, „normalerweise wachen Kinder früh auf." „Woher weißt du das", sagte sie, „du hast doch gar keine Kinder."

„Nein", antwortete ich, „aber ich war mal ein Kind."

Als ich am Fernseher vorbeigehe, halte ich inne. Stehe einen Augenblick da und überlege, ihn einzuschalten, obwohl ich mich bereits entschieden habe, die Sendung nicht anzuschauen. Genau wie bei *Kommissar Häger*. Die Serie habe ich auch nie gesehen. Aber dieses Mal kann ich mich nicht beherrschen, ich gehe zum Sofa, nehme die Fernbedienung in die Hand und schalte das Gerät ein. Ich lande mitten in *Sonntagmorgen mit Pia*. Da sitzen wir auf ihrem Sofa, Anders und ich.

„Und dann habt ihr geheiratet!", sagt Pia schelmisch und legt den Kopf schief.

„Jaa", sage ich auf dem Bildschirm und staune, wie ruhig und selbstverständlich ich klinge. „Dann haben wir geheiratet."

Anders greift nach meiner Hand. Keiner von uns hatte Lust gehabt, bei dieser Sendung mitzumachen, aber der Verlag hatte uns zu verstehen gegeben, dass es wünschenswert wäre, wenn wir zusagten.

Moderatoren-Pia beugt sich über den Couchtisch und nimmt unser Buch zur Hand, das neben den obligatorischen Stumpenkerzen und der Keramikschale mit den exotischen Früchten liegt. Die Kamera zoomt an den Buchtitel heran: *So lange wir leben.*

Rote Buchstaben vor einer glühenden Herbstlandschaft.

Das W in „wir leben" ist geformt wie ein Herz.

Pia bohrt ihren Blick in Anders.

„Du hattest ja eine furchtbare Zeit durchgemacht. Im Herbst war deine Frau an Krebs gestorben, am zweiten Weihnachtsfeiertag kam der Tsunami und du hast beschlossen, nach Thailand zu fahren und bei der Rückholung der Opfer zu helfen. Zurück in Schweden erwartete dich ein weiterer Albtraum. Möchtest du uns erzählen, was passiert ist?"

Ich sehe Anders an, dass er das nicht will. Genau deswegen haben wir das Buch geschrieben, damit wir von dem

Schweren erzählen können, ohne darüber sprechen zu müssen. Aber jetzt sitzen wir trotzdem auf Pias gemütlichem Sofa.

Anders fällt es schwer, die Worte zu Sätzen zusammenzufügen.

„… Also … in … dort … in Khao Lak … man denkt, dass man sich daran gewöhnt hat … in meinem Beruf, meine ich, da denkt man, dass man es gewohnt ist, aber man gewöhnt sich nie daran, verstehst du, was ich meine?"

Pia nickt verstehend und Anders schluckt ein paar Mal, bevor er fortfahren kann.

„Das mit den Kindern war … wir waren gerade zum ersten Mal Großeltern geworden, Anita und ich … in derselben Woche, in der sie gestorben ist, ich war also vermutlich … ich weiß nicht … aber diese zerfetzten kleinen Körper … das … darüber kann man einfach nicht hinwegkommen …"

Seine Stimme bricht und ich drücke seine Hand so fest, dass er sie wegziehen muss.

„Und dann", fährt er mühsam fort, „als ein paar Monate später das Fernsehen anrief und fragte, ob ich in dieser Serie als Komparse mitwirken wollte … ich weiß gar nicht mehr, wie sie hieß …"

Anders gibt ein angestrengtes, kleines Lachen von sich.

„Kommissar Häger", sage ich gedämpft.

„Genau … Kommissar Häger, da dachte ich, warum nicht, das ist vielleicht ein bisschen Abwechslung von … allem … Ablenkung, wie man so sagt, aber dann … als ich an diesem Morgen am Set ankam, also in dem Haus, in dem gedreht werden sollte und die Leiche zu sehen bekam, also das Mordopfer … und wie sie … die Leiche … zugerichtet hatten, ging es mir schlecht, ich war sehr erschüttert und verflucht nervös, Verzeihung, sehr nervös und ich wollte nicht mehr, ich wollte nicht mehr mitspielen, aber es war zu spät, um einen Rückzieher zu machen, also blieb nur Augen zu und durch."

Er bricht abrupt ab und weiß nicht weiter, also versuche ich, ihm auf die Sprünge zu helfen.

„Die ganze Szene sollte sich ja drinnen abspielen", sage ich, „in der Küche, im Drehbuch stand ‚innen'. Wir fingen also mit den Proben an …"

„Genau", sagt Anders. „Der Typ von der Polizei schnitt die Leiche los, die an einen Sprossenstuhl gefesselt war, und dann fassten wir beide mit an, um sie in das Leichentuch zu wickeln … und dann …"

„… sollte die Szene eigentlich enden", fällt Pia hastig ein.

Scheinbar will sie das Ganze nicht vertiefen, da sie eine Sendung moderiert, in der Wohlbefinden großgeschrieben wird. Außerdem gehören die Zuschauer überwiegend der älteren Generation an, und das hier droht allmählich etwas zu makaber für einen gemütlichen Sonntagmorgen zu werden. Im Übrigen erinnere ich mich, wie verstört ich war, weil Anders mich hartnäckig als „die Leiche" bezeichnete, aber jetzt, wo ich sehe, wie nervös und gequält er ist, begreife ich, dass er einfach nur wegwill, runter von dieser Couch, raus aus dem Studio und genau das will ich auch, ich will, dass er nach Hause kommt, jetzt, ich will, dass Amanda aufwacht, ich will, dass wir losradeln können, durch die Stille des Waldes und in dem eiskalten Weiher baden.

Ich will, dass Anders mich in seine Arme nimmt.

Viel zu wenige haben mich in meinem Leben in den Arm

genommen.

„Das Problem war, dass der Regisseur nie ‚Danke, aus!' sagte", fährt Anders fort. „Also arbeiteten wir weiter. Taten das, was wir immer machen. Kümmerten uns um den Leichnam, wickelten ihn ins Leichentuch, legten ihn in den Sack und trugen ihn hinaus zum Auto. Business as usual, sozusagen. Ich war nervös, hatte vergessen, dass sie lebte. Und so ..."

Er ist jetzt wirklich aufgewühlt und die Stimme stockt ihm.

„... hätte ich, wie's der Teufel wollte, um ein Haar ..."

„... die Leiche umgebracht", ergänze ich lakonisch.

Im Studio wird es totenstill. Pia wird nervös und sieht sich hilfesuchend um, ihr Blick flackert.

Anders sieht furchtbar unglücklich aus. Was in mir vorgeht, lässt sich unmöglich sagen, und ich erinnere mich auch nicht mehr daran, obwohl die Aufnahme für die Talkshow erst vor ein paar Tagen stattfand.

Ich war völlig abwesend.

So lange Zeit darf in einem Studio einfach kein Schweigen herrschen, also räuspert Pia sich diskret und versucht, etwas zu sagen, bekommt stattdessen aber einen Frosch im Hals und bringt lediglich ein verzweifeltes Krächzen zustande. Einen Frosch, der am Ersticken ist, es klingt unglaublich komisch, und ich lasse alle Selbstbeherrschung fahren und breche in schallendes Gelächter aus. Pia sieht zunächst etwas ängstlich und verwirrt aus, stimmt aber schließlich unsicher in mein Gelächter ein, die Studiomusiker fangen ebenfalls an zu lachen, ebenso der Kameramann, die Continuity und zum

Schluss lacht sogar Anders. Es wird ein göttlicher Augenblick daraus.

„Ende gut, alles gut", fasst Pia hörbar erleichtert zusammen. „Und dann hat Anders dir einen Antrag gemacht?"

„Im Gegenteil", sage ich, „ich habe ihm einen Antrag gemacht. Ich sagte zu ihm, du und ich haben einiges zu besprechen, da können wir genau so gut gleich heiraten."

Pia lacht erneut und feuert ein strahlendes Lächeln ab.

„Ach, es ist herrlich, euch zu sehen!", ruft sie aus. „Ihr geht wie auf Wolken!"

„Nein, besser", sage ich. „Wir gehen wie auf Asphalt."

Das ist ein Zitat aus Bertolt Brechts Stück *Der gute Mensch von Szechuan,* an das ich mich erinnere. 1974 habe ich darin am Stadttheater von Uppsala mitgewirkt, oder war ich da noch in Helsingborg, ich weiß es nicht mehr. Ich spielte die Titelrolle der Shen Te, die von einem nächtlichen Treffen mit der Liebe ihres Lebens, dem Flieger Yang Sun, zurückkehrt und berichtet, wie es sich anfühlt, zu lieben. *Wie auf Asphalt zu gehen.*

Ich bin mir nicht sicher, ob Pia versteht, was ich meine, sie hätte es vermutlich lieber gesehen, dass wir auf Wolken schwebten, aber sie bedankt sich für unser Kommen, wünscht uns alles Gute und dann ist es Zeit für die Werbepause.

Mein Kaffee ist inzwischen kalt, also gehe ich in die Küche und brühe eine neue Tasse auf, und als ich zurückkomme, sitzen neue Gäste auf Pias Couch. Ich schalte den Fernseher aus und gehe hinaus auf den Balkon. Seit einiger Zeit sitzt jeden Morgen ein kleiner Vogel auf dem Geländer, wenn ich hinauskomme. Er ist seltsam unerschrocken, betrachtet mich einen kurzen Moment, bevor er seines Weges fliegt. Ich weiß nicht, welcher Art er angehört, nur, dass es sich vermutlich um ein Männchen handelt, denn er ist recht farbenfroh, blau und grau mit etwas Rot im Federkleid. Ich verstehe nichts von Vögeln. Ein Buchfink, vielleicht?

Ich nenne ihn Angela.